スタンダール
ドドル・ドルシー画

スタンダール

・人と思想

鈴木 昭一郎 著

52

CenturyBooks 清水書院

A Monsieur Victor Del Litto
lumière de mes recherches

ヴィクトール・デル・リット先生に捧ぐ

序文

国際スタンダール研究誌『スタンダール・クラブ』主宰
グルノーブル大学名誉文学部長
ヴィクトール・デル・リット

著名な人物の伝記を書くということは、その人物がどの分野で著名であろうと、つねにデリケートな仕事である。なぜならば、まず可能なかぎり完全な資料を集め、ついでこの資料を正しく用いて、その人物の個性と作品の射程とを、彼の時代との関連において、また伝記を書く者の時代との関連において、明らかにしなければならないからである。

このようなことは、もちろん自明の理であるが、前もって指摘しておくのは蛇足ではない。じじつ、その著名な人物がスタンダールという名前であるとき、どれほど伝記の試みは困難であるか。このスタンダールという幻惑的な、神話的でさえある、しばしば引用される、いや、はっきり規定された既成の観念にもカテゴリーにも対応しないために、あまりにもしばしば引用される名前の場合は、である。

彼が相手の時、人は一挙に、まったく別の世界につれて行かれる。なぜならばスタンダールは、その特異さ複雑さで高くそびえているからである。見たところ矛盾にみち、たえず無数のマスクの下に隠れ、そしてたえまなく自己の真のアイデンティティーをたずねつづけている存在である。近づくと直ちに、問題は四方から噴出する。彼が気のむくままにまきちらして行くアリバイはどこで始まり、どこで終るのか、後世に数々の呼びかけをくりかえしながら彼がその後ろに身をかくしている無数の謎の鍵をどこに求めるのか。じじつ、過去の継承者であり同時に未来の予言者でもあるこの異色な作家の細部は、すべて一瞬も眼から離してはならないのである。

したがって、スタンダールの生涯に起ったさまざまな事件を列挙するだけなら、それは雑文かきがあれほどに好む単なる継ぎはぎ仕事である。真に彼の伝記を書くならば、語るよりも解きあかさねばならない。すくなくとも解きあかすべく試みねばならない。なぜなら、書く者と彼との間の、この絶えざる鏡の遊びのなかには、多くの影の地帯が残っていて、しかもその鏡の遊びは――ああ逆説なるかな――時としてありのままの姿を映さないのである。一歩ごとに、表面の「向う側」へすすむ努力をしなければならず、しかも、精神分析――それはうつろいやすい影とたわむれるもの――の過剰に陥ってはならない。ところで大多数の作家では、彼らだけの話だが、この「向う側」がない。彼らの作品はそれ自体で完結しており、同時にアルファでありオメガである。これに反してスタンダールの言語には終りがない。各世代が次々と、彼をつねに新しく、つねに異なったやりかたで受け入れているのが、その証拠である。

これはつまり、経験をつみ、十分な資料をもち、その資料を活用するすべを知り、そしてとくにスタンダールの精神を感じとれる研究者のみが、いま対決しているこの困難な仕事を果すことができる、ということである。これがまさに鈴木昭一郎氏の場合であり、同氏の業績はいま私がのべてきた厳しい条件に応えている。また同氏はスタンダールの作品とこの小説家が生きた土地を知りつくしている。そして私は懐旧の念なくしては、私たちがともにした小説家の故郷での散策を思いだすことはない。一言でいえば鈴木氏は、スタンダールがいうあの「幸福な少数の人々」、スタンダールが、彼を発見しようと望み、彼をよりよく知りたいと望む読者たちに対して自らの代弁者となることを委ねた、あの「幸福な少数の人々」の一人なのである。

まえがき

日本の外国文学研究では、外国語で読み日本語で書くという作業は、ふつうに行われていることで、だれも怪しむものはない。

しかし一般的な問題からはじめるが、少なくとも私自身が正確にフランス語を読んでいるかと自問すれば、疑問はのこる。なぜなら、私のフランス語が学びはじめて四〇年、まだ進歩し続けていることは確実なので、これまでは現在にもまして不確かであったと言わざるをえない。私はようやく、フランス語で書かれたものを、自分の知的操作で理解するのではなく、書かれた通りに「過不足なく」頭にいれて行くことが、なまやさしい仕事ではないということが分りはじめてきたところである。

従来の日本の知識人にとって、外国語は、情報獲得の道具であると同時あるいはそれ以上に、日本語の思考を活性化する刺激剤であったように思われる。外国語で書かれたものをスプリング・ボードにして自分の知的生産性をたかめ、それに触発されて日本語で書くというのが、従来の外国文学研究の作家・作品紹介であったようだ。そこから、ほめていえば眼光紙背に徹する、ありのままに言えば書かれてないことを読むという、日本の知識人の特技が生れたのかも知れない。

過不足なく読むことの困難さは、ことスタンダールに関すると倍加する。そのことはデル・リット先生の序文が鋭く指摘している。それに今回私に課せられた仕事は、彼の生涯の様々な事件——それは大体、これまでの日本でのスタンダール紹介で分っている——だけではなく、彼の巨大な知的活動の軌跡を、過不足なく読者に提供することである。ところがこの仕事はじつはまだ文献のレベルでは終っていない。一八二〇年代まではデル・リット先生の学位論文『スタンダールの知的生涯』で解明されているが、それ以降は、最近ようやく一般の研究者のアクセスが可能になったブッチ・コレクションというスタンダール晩年の読書メモの解析が、まだ十分ではないからである。

しかし私がしなければならないことは、私のスタンダール観を評論家風に歌うことではなく、少なくとも現時点で判明している具体的な事実——スタンダールにおいては他の小説家より以上に、創作技法の発展も悲恋の数々とおなじく具体的な事実である——を、過不足なく読者に提供することであろう。個々の具体的な事実の提示は、ある程度まですでに旧著『スタンダール研究』の「年譜」ですませた。今度はそれらの「小さな具体的な事実」を説明し、解析し、総合し、有機化する手順を示さねばならない。そしてまた一般の青年読者に、スタンダールが構築した意味の世界——「美しい嘘」の世界——にわけ入ってもらう手がかりとして、最低限の作品を、これまた過不足なく要約することであろう。私としては、限られた紙数のなかで、最善を尽したつもりである。しかし、あとから頂いたデル・リット先生の序文には、私の力量をはるかに超えた要請がもりこまれている。過褒《かほう》でないかぎりは厳しいご指導であろうが、私の仕事は終っていて加筆訂正はきかない。

読者のみなさんには、この世界最高のスタンダール学者、テキスト校訂者の言葉にてらして私の仕事をご批判いただくようお願いする他はない。

このシリーズの総題は「人と思想」という。私はスタンダールの「人」の要素を最小限にしぼり、「思想」の部分を創作技法の解明にあてた。文学を、生活に密着した、人生の哀感を歌うものと考えることは必ずしも誤りではないが、それは読者の人生観の問題であり、おそらくは別の学問領域に属する。文学作品というものは、じつは日常生活のレベルとはまったく異質な、高度で精緻な構築物であり、魔性の人々のすむ世界であることがおわかり頂ければ幸せである。

目次

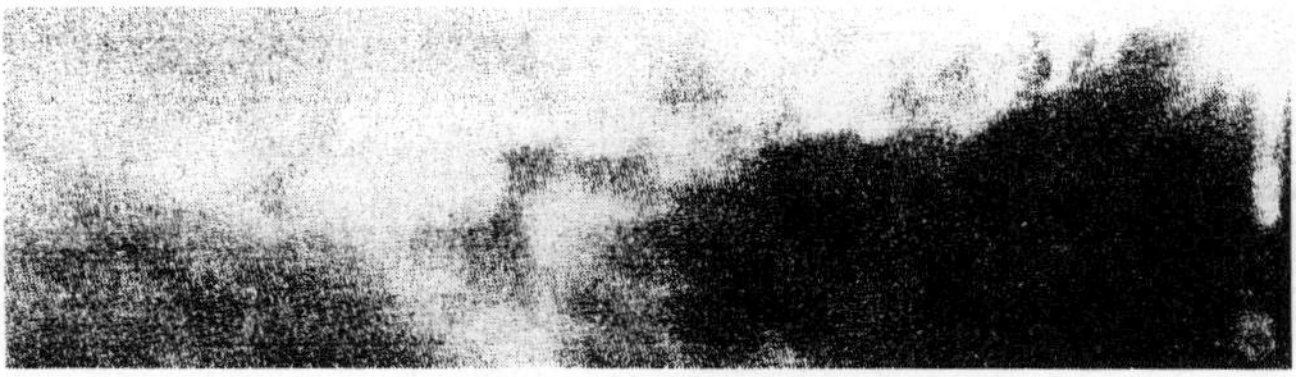

終章 《VISSE, SCRISSE, AMO》

本書の図版はデル・リット氏の了解をえて、
《La vie de Stendhal》(Edition du Sud, 1965),
《Album Stendhal》(Gallimard, 1966),
《Stendhal en Dauphiné》(Hachette, 1968)
から転載したものです。

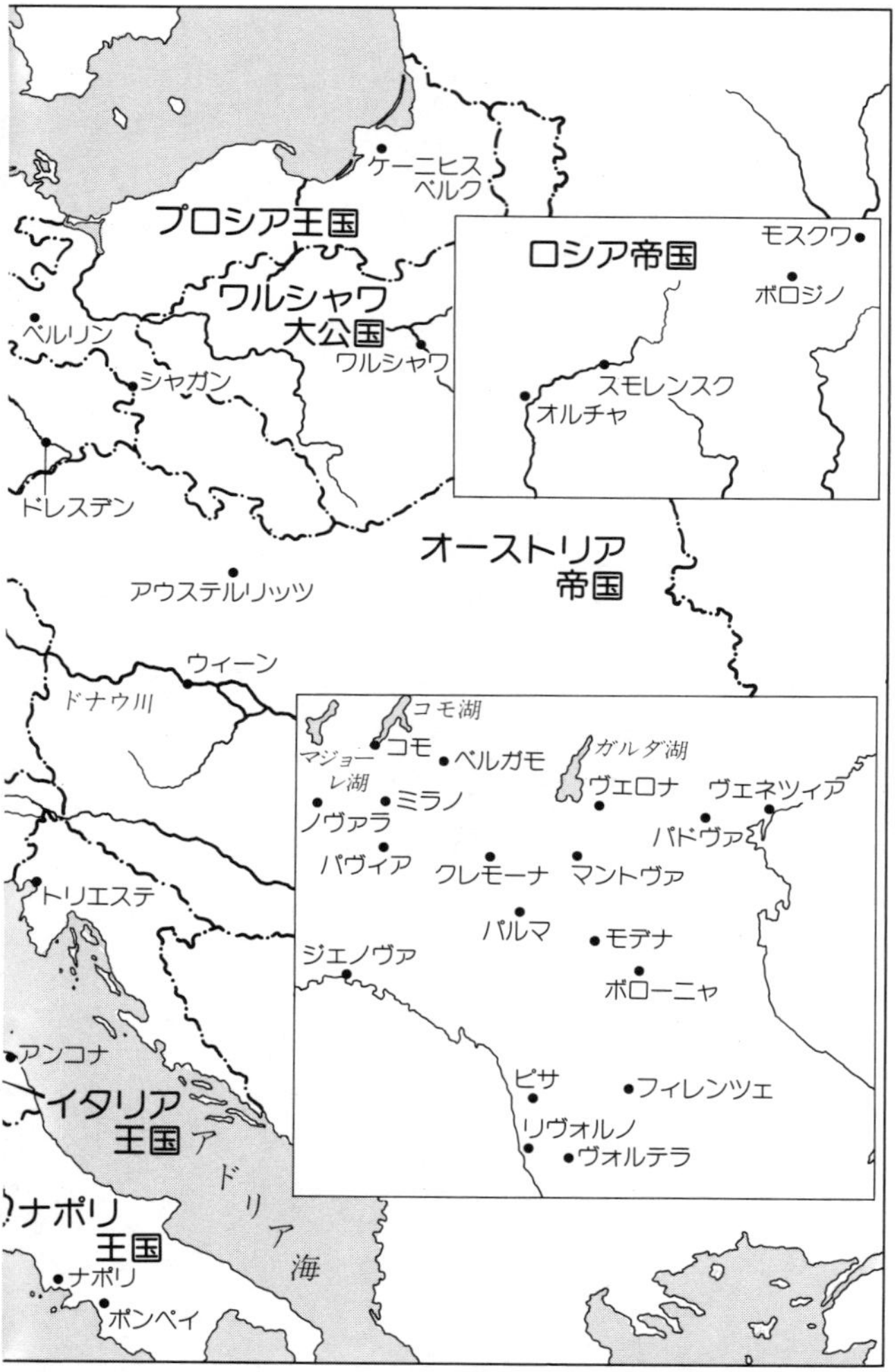

関係地図（1812年の地図を用いて）

カンバーランド湖沼地帯
イギリス
(大ブリテン及び北アイルランド連合王国)
ランカスター
ヨーク
マンチェスター
バーミンガム
ロンドン
北
海
アムステルダム
ハーグ
ロッテルダム
アントワープ
オランダ王国
ハンブルク
スタンダール
ブラウンシュヴァイク
ライン連邦
ライン川
ブラッセル
ワーテルロー
サン-トメール
ル・アーヴル
ルアン
カン
セーヌ川
パリ
レンヌ
ナント
フォンテーヌブロー
ロアール川
ケルン
フランクフルト
マンハイム
シュテュットガルト
ストラスブール
ケール
ディジョン
ブザンソン
ドル
バーゼル
スイス連邦
ベルン
フランス帝国
アングーレーム
リブリヌ
ジュネーヴ
大サン-ベルナール峠
ボルドー
グルノーブル
アオスタ
イヴレア
ヴァランス
クレ
トリノ
ブラ
アジャン
バイヨンヌ
ポー
タルブ
トゥールーズ
カルカッソンヌ
ニーム
ローヌ川
アルル
ドラギニャン
モンペリエ
ナルボンヌ
マルセーユ
トゥーロン
カンヌ
ニース
サリュッツォ
シエナ
教皇領
エルバ島
チヴィタヴェッキア
ローマ
イスパニア王国
バルセロナ
地中海
コルシカ島
サルディニア王国

スタンダール

この本をお読みいただくにあたって

一、人名の仮名がきは『フランス文学辞典』（白水社）と『岩波西洋人名辞典』（岩波書店）によっています。二つの辞典で表記法が異なる場合は、フランス文学関係は前者、それ以外の場合は後者にしたがっています。二つの辞典のどちらにも記載されていない人名についても、これらの辞典の表記法を参考にしてあります。

二、スタンダールの作品名の日本語訳と登場人物名の仮名がきも、これらの辞典を参考にしています。ただし最近はじめて日本語に訳された作品については、従来の訳名ではなく、現に出版された訳書のタイトルを用いてあります。

三、フランスの地名の仮名がきは、フランスの複数の地名発音辞典を参照し、フランス以外の地名の仮名がきは、日本の慣用にしたがい、原音に近く表記してあります。

四、年譜は本文と補完して、本文が詳しいときには簡略に、そうでない時はやや詳しく編集してあります。

五、本文と年譜のなかで英語の引用文があるのは、英語やイタリア語をまぜてメモをとるスタンダールの「くせ」を少しでも残そうと考えたからです。

序章　ドフィネ・アルプスとグルノーブル

『アルプス登攀《とうはん》記』という本がある。イギリスの版画家で初期の登山家であったエドワード・ウィンパーの不朽の名著であり、とくに一八六五年七月一四日、当時魔がすむといわれた海抜四四七八メートル、マッターホルンの初登頂記は山岳文学の白眉である。下山の途中、彼らのパーティーは不慮の滑落事故のために半数をうしなう。そのとき、虚空に巨大な十字架が二つ並んで、色もなく、音もなく、立ち現われてくるのである。

ウィーンからニースまで一二〇〇キロ、ほぼ日本の本州と同じ規模をもつこの大山脈の雪線から上は、いまも人を拒絶する世界であり、人々はただ谷間に住いをもとめ、厳しい自然のなかで生を営む。『アルプス登攀記』に、ある谷間の描写がある。ドフィネ・アルプスの中心地ブリヤンソンの西に、マシフ－ド－ペルヴーという山塊がある、そのあたりの谷間である。

「この地方にはフランスで最も高い山々と、また最も美しい風景とがある。スイスの風景のもつ美しさはないが、しかし独特の味をもっている。断崖や、激流や、渓谷の美しさは、他に比べようもない。荒々しく深い谷は、豪壮であり、ときには厳粛とさえ感じられる。また山々の粗削りの姿は素晴らしいものである。

この地方には無数の谷があり、それらの谷が、それぞれの性格の特殊性と、気候の相違とをきそいあっている。（……）ある谷には植物がほとんどなく（……）またある谷では、わずか数マイルほどの間に、ブドウ、リンゴ、ナシ、サクラ、カバ、ハンノキ、クルミ、トネリコ、カラマツ、マツなど、様々な木や、ハダカ麦、大麦、カラス麦、豆、ジャガイモなどを見ることができる」

（岩波文庫、浦松佐美太郎訳）


この山塊を南西に下れば、北西に流れる急流にであう。ドラック Drac という渓谷であり、その名は竜 dragon に由来する。それほどの暴れ川で、いまは七つの発電用ダムで要所要所を抑えられているが、土地の人は懸念している。地中海に面するフレジュスの町、エルバ島から帰還したナポレオンが上陸したフレジュスに近いマルパッセのダムが一九五九年に決壊して死者四〇〇人をだしたことを、心ある人々は忘れてはいない。もしドラックのダムが次々と決壊したら下流のグルノーブルは奔騰《ほんとう》する濁流のなかに壊滅するからである。ありえないことだとは、だれも言えない。

グルノーブル、札幌の前の冬季オリンピックの町、映画『白い恋人たち』の町、その町についてウィンパーは『アルプス登攀記』で、ただ素っ気なくこう書いている。「この古風な、しかしごみごみした町のなかで道にまよい（……）」『アルプス登攀記』の出版は一八七一年、内容は一八六〇年代で、スタンダールの誕生からざっと七〇年あとである。その頃でもグルノーブルは、山間の、これという特徴もない小都会だった。

ドラック川は、グルノーブルで、北東から流れてくるイゼール川に合流する。この合流点のあたりをセサンといい、昔はここに渡しがあった。その南、ドラックの左岸をなしているのがヴェルコールとよばれる高原であり、第二次大戦でフランス・レジスタンスの最大の拠点だった天険である。その一角、セサンの直上、海抜一二〇〇メートルの展望台サン－ニジエ－デュ－ムシュロットに立って、北東の方、イゼールの上流、グレジヴォーダンの谷間を望めば、はるか天空の彼方に白光を放つのはモン－ブランであり、眼下にはほとんど一〇〇〇メートルの高度差で、イゼールの左岸にグルノーブルの町が紫色に煙っている。母を恋し、七歳でその母を産褥《さんじょく》にうしない、お産で死んだのだからその原因は父にあると子供心に思い知って、父とこの谷間の町を蛇蝎《だかつ》のごとく嫌った一人の少年アンリ・ベールは、ただこの町をさってパリにでるために数学を学び、現在も理科系の最高学府である理工科学校の試験に合格し、入学のため、じつは「新しきモリエール」「フランスのシェークスピア」となる

グレジヴォーダンの谷（左岸）

ために、今もそこにあるフランス門（この城門をでれば道はフランスに通じる、の意）を通って、駅馬車で単身パリにむかったのである。一七九九年一一月五日。そして大雨のために旅程は遅れ、アンリは一一月九日、パリの南々東八〇キロ、ヌムールの町で、ナポレオン・ボナパルトの霧月一八日のクーデタを知った。この一六歳の少年が、のちにスタンダールというペンネームで『赤と黒』や『パルムの僧院』を書くことになるのである。

Ⅰ　愛されざる故郷

出自

プロヴァンスとアルプスの間で　グルノーブルの南西と北には、タイプの違う二つの山塊がそびえている。北にそびえるのをシャルトルーズ山塊といい、南西にひろがるのをヴェルコール山塊という。ヴェルコール山塊は切りたった三筋の石灰岩の山なみから成り、グルノーブルから南に走ってプロヴァンス地方に到り、ディオアの山々となって終る。そのさきは陽光に輝く南フランス、プロヴァンスの平野であり、地中海とイタリアへ続く文化圏である。

この山地のグルノーブルに近い山陵のあいだ、サン=ジャン=アン=ロワイアンという村に、すでに一七世紀に、のちにスタンダールというペンネームで知られることになるマリ=アンリ・ベールの先祖の痕跡が残っている。ベールという姓は現在でも南フランスに多い。ベール家の先祖は、やがて、さらにグルノーブルに近いランス=アン=ヴェルコールに、さらにイゼール川に近いオートランに、そしてイゼール川とドラック川の合流点である交通の要衝サスナージュへと居を移した。家業は織物商で、家運は隆盛の一途をたどったように思われる。子孫の一人は法曹界に入り、その家系から一七四七年三月二九日、スタンダールの父シェリュバン・ベールが生れた。一七八〇年、ヴァランス大学で法学士、ついでグルノーブルの高等法院弁護士になり、八一年二月二〇日、三三歳で、当時グルノーブルで屈指の名士、外科医アンリ・ガニョンの長女アンリエット・ガニョン（二三歳）と結婚した。彼女の一歳下に弟のフェリックス＝ロマン、三歳下に妹のセラフィー。このガニョン家も南フランス、アヴィニョン地方の出であり、いずれも遠い南フランスからの二筋の血を、スタンダールは受けることになった。

愛されざる故郷

ウィンパーの『アルプス登攀記』にも、たんに無性格な山間の町として描かれているグルノーブル、その七〇年前の町の様子は、今も残る古い町なみによって窺うことができる。

グルノーブルの北にそびえるシャルトルーズ山塊の裾を北東にはしるグレジヴォーダンの谷、その谷間を流れ下ってくる激流イゼール川に、ただひとつ橋をかけられる場所であったグルノーブル、古くはフランスの皇太子領でありやがてフランス領となって一四世紀には大学が、一五世紀には高等法院がおかれ、今も残る建築物としては、一二、三世紀のものであるノートルダム大聖堂、一三世紀のサン＝タンドレ教会、一六世紀の市庁舎、一七世紀のサン＝ローラン教会。たしかに水準以上の建造物ではあるが、町そのものは暗い汚れた街路が錯綜《さくそう》する、なんの取りえもない地方都市にすぎなかった。当時の町々の例にもれず、悪臭を発する生活排水は街路の中央の溝にあつまって流れ、そのような街路の奥に、まがりくねった吹きさらしの階段がある。しかし家々の窓から遥かな高みにのぞかれる空は、夏には南フランス・プロヴァンスが遠くないことをしめす紺碧《こんぺき》の色をおびる。

ヴィユ－ジェジュイット街

その旧市街の中心部に、現在ジャン－ジャック－ルソー街とよばれる街路がある。当時はヴィユ－ジェジュイット街とよばれていた。現在この街路と交差しているラファイエット街がなかった当時は、もっと暗い街路であったに違いない。その一四番地の三階に「レジスタンス記念館」があり、一九六六年の開館いらい、ナチス・ドイツに対するレジスタンス関係の資料を展示している。一室は特にヴェルコール高原のレジスタンスにあてられているが、このほぼ南北に長いアパルトマンの中ほどに一枚の紙片がさがっている。「スタンダールはここで生れた」じじつここでスタンダールは一七八三年一月二三日に生れた。やがて記すことになるが、七歳の時の母の死をめぐって、一人の少年の柔らかい傷つきやすい心が、どのように育っていったかを知る人にとって、またスタンダールが自伝『アンリ・ブリュラールの生涯』に残した母親のベッドの位置をしめす平面図でこの空間を想像してきた人は、レジスタンスの武器や鉄道破壊の道具など、およそ少年の心とは無関係な「硬い」器物で充満したこの空間に、いたたまれない感じをあたえられる。往時をしのぶものとしては、ただ小さな窓から入る乏しい光。その光で数学の勉強をしている少年の姿を室内に求めようとすれば、想像力はたちまちにして翼をおられる。

グルネット広場

旧市街の中心にグルネット広場という広場がある。スタンダールの生家をでて右へ行けば、街路は当時グルノーブルで最も繁華であったグランドリュにでる。左へ行けばグルネット広場、そのまま街路を横ぎって向いの建物の暗い中庭に入り、左側の階段を三階にあがれば、そこにスタンダール記念館「メゾン・スタンダール」がある。そこがスタンダールの母方の祖父アンリ・ガニョンの住居、表にはグルネット広場を、裏には今も残る葡萄棚のあるテラスの下に市立公園「ジャルダン・ド・ヴィル」を見おろす、グルノーブルで最も瀟洒《しようしや》なアパルトマンであった。

グルネット広場は、広場というほど大きくも丸くも四角くもない。南東からこの広場に入ってくるフェリックス＝プーラ街と、反対側でこの広場から出て行くグランドリュとの間で少々道幅が広がっているという感じの空間である。しかしこの広場は町の中心であり、当時としては高層建築、六階から七階建ての建物がならび、両側に二軒のカフェが競いあい、優雅な服装の人々が散歩する。それは山しか見なかったウィンパーの目には映らなかった一つの世界、ラクロが砲兵将校として駐屯していた一七六九年から七五年にかけて心理小説『危険な関係』の素材をあつめた町であった。定期的に発着する駅馬車の音、広場の北東の隅近く、現在噴水のあるところ、ガニョン家の窓の下に共同井戸があり、その水をくみあげる釣瓶《つるべ》の音が、表から聞えてくる生活の音、そして裏の公園を渡って右の奥から聞えてくるのがサン＝タンドレの教会の鐘、また公園に立ちならぶマロニエの巨木の彼方にはヴェルコール山塊の最後の山稜サスナージュの山々、夏はそこに陽が沈むヴォ

グルネット広場（1863年）

レップの隘路《あいろ》、その隘路とはグルノーブルの北にそびえるシャルトルーズ山塊がイゼール川に迫るところ、川岸をたどればフランスへ、パリへとつづく。現にグルノーブルからこの街道へでる市門をフランス門、くり返すが、この門をでれば道はフランスに通じるの意であった。この地が皇太子領であったころの名残である。少年スタンダールはこの祖父の家が好きであった。そして当時一流の知識人であり、一八世紀の碩学《せきがく》フォントネル流の学者であった祖父アンリ・ガニョンは、この家で、このテラスで、孫に多くのことを教えたのである。夏の夕べに、祖父は孫に大熊座、小熊座を教え、冬の夕べはグルネット広場に面する大伯母エリザベト・ガニョンの部屋に暖かい暖炉が燃えていた。それは母の死によって始まる痛ましい年月に先だつ幸福の日々であったと言える。

少年時代

最初のドラマ
母の死

母は魅力的な、陽気で、才たけた女性で、この背の低い髪の薄い大頭の少年を熱愛していた。少年も母を、ほとんど肉感的なまでに愛していた。早熟で多感な子供にありがちなことだが、歳よりふけた外貌と気難しい性格の父に嫉妬した。大多数のドフィネ人と同様、慎重で冷たく小心な父は、息子の熱烈で内向的な気質を理解せず、たえず小言と訓戒で対応し、姉のアンリエットとは全く性質の違うセラフィーは、彼を助けて少年を監視した。母だけが少年の愛を独占していた。その母が、少年が七歳のとき、産科医の不手際のため死んだのである。少年の痛切な悲嘆は『アンリ・ブリュラールの生涯』に克明に記されている。しかし悲嘆にくれたのは少年だけではなかった。この長男から愛されることのなかった父は、じつは繊細な魂の人であった。彼は妻の死後その寝室を締めきってだれにも入ることを許さず、後にようやく息子に数学の勉強のためその一隅を許したが、召使は入れなかった。四五年後、息子はようやく父の心を理解するのである。

祖父ガニョン博士邸のぶどう棚

母方の祖父
医師アンリ・ガニョン

アンリが七歳、上の妹ポーリーヌが四歳、下の妹ゼナイードが二歳、この三人のいとけない子供の周囲に運命がよせ集めた大人たちほど、たがいに不釣合な人々はなかった。娘アンリエットをうしなったとき、老医師アンリ・ガニョンは六二歳である。新思想を受け入れる幅ひろい精神をもち、市立図書館やアカデミー・デルフィナルの創立者の一人であり、やがては孫のアンリ・ベールが学ぶ中央学校の設立委員をもつとめる知識人である。啓蒙哲学に心酔し、ヴォルテールの名を尊敬と愛情をもって口にし、医師としてはフランスではじめて種痘を実施した先覚者の一人。けっして貧民から金をとらず、商売がら金銭にしわい娘婿とは、その点からも人柄がちがう。そしてこの寛容な老人の英知は、一八世紀の哲人フォントネル流の穏健さと懐疑的精神を基調とし、決して声を荒だてることなく、また態度を表明しなければならない立場にたつことは極力さける人であった。彼は孫の読書を指導し、その趣味のほとんどすべてを孫に伝えた。

大伯母エリザベト
剛毅な女性

アンリ・ガニョンの姉エリザベトは六九歳。『ル・シッド』のように美しいというのが口癖であった。『ル・シッド』はコルネーユ作の一七世紀フランス古典悲劇の傑作。シメーヌとその恋人であり父の仇でもある若き貴族ロドリーグとの間に展開される英雄崇拝と恋愛賛美のロマネスクな理想美が、この老婦人の世界であり、ブルジョワ社会の低俗な些事への心底からの軽蔑を、スタンダールは彼女から受けつぐ。シェリュバン・ベールは彼女の軽蔑する賤民であり、それが少年の父への憎悪に影響していなかったとは言えない。

叔父ロマン
田舎のドン・ファン

アンリエットの弟ロマンは三二歳、弁護士ではあるがシェリュバン・ベールとは肌合がちがう。快活で、おしゃれで、女性にもて、ガニョン家の二階に部屋をもっていたが、やがて結婚してシャルトルーズに通じる山中の町レ・ゼシェルに住むことになる。新婦の艶やかな肌は、少年の官能と記憶のなかに深くとどまる。のちのマルシアル・ダリュと同様、アンリの憧れの男性像であった。

祖父アンリ・ガニョン博士

叔母セラフィー
「牝の悪魔」

アンリエットは死の床で妹セラフィーに愛児の世話を頼んだという。無理からぬ心の動きである。しかしこの叔母ほど、甥のアンリから憎悪された人はなかった。どのような変異からか、この女性はガニョン家の人々の美質を、なにひとつもっていなかった。いたずらに躾《しつけ》に厳しく、盲目的に信心ぶかい老嬢は、妻をうしなったシェリュバンにとって頼りになる存在であり、この二人の連携が、さらにアンリに圧力をかけた。早熟な子供は父と叔母との関係をまで疑う。シェリュバンは妻の死に深く心を痛めてはいたが、身近な女性の存在に無感覚ではなく、また彼女はけっして醜い女ではなかった。彼女は祖父ガニョンが少年にあたえた本にまで文句をつけ、高圧的な性格で家じゅうを支配した。少年は服従しなかった。そして母の死後七年、この叔母が短い一生を終えたとき、少年は膝まずいて神に感謝したと伝えられる。彼女は病気であり、それが彼女を、さらに気難しく口やかましい女にしていたのであろう。

ライヤンヌ師の圧政

シェリュバンの新たな過ちは、息子の家庭教師にイエズス会士ライヤンヌ師を選んだことであった。しかしそれは一人息子の教育に万全を期する父親として当然の処置であった。ライヤンヌ師は、グルノーブルの名家ペリエ家の家庭教師として、後に総理大臣ともなるカジミール・ペリエとその兄弟たちの教育を終ったところであった。師を家庭教師に迎えたことはベール家のステイタスの象徴である。しかしアンリはこの僧侶を嫌いぬいた。一七五六年生れだからアンリの家庭教師になった一七九二年にはまだ三六歳であったはずだが、少年の目には醜い老人のように見えた。背は低く、痩せ、冷やかに取りすまし、顔色は青黒く、偽りの視線、陰険な微笑、およそあらゆる高貴さ高邁《こうまい》さとは無縁な人であった。子供が真実を主張しても、真実か否かは問題ではない、そういうことを言ってはならないのだと諭し、アンリ・ガニョンの驚きを無視してプトレマイオスの天動説を子供に教えた。なぜならばそれですべて説明できるからであり、また教会が認めているからであった。父とこの僧侶の教えるすべてをアンリは徹底的に嫌った。こうしてこの子供は、少年時代のあらゆる喜びを奪われて育つことになるのである。

そして憎むべき父

この不幸な父は、しかし子供たちを心から愛していた、ということは信じてよい。寡夫となってから、彼は下の娘ゼナイードを毎晩膝にだいて眠らせた。その理由でアンリとポーリーヌはゼナイードを憎んだ。子供は情愛と愛撫を求めていた。父は厳しくすることが子供のためと思っていた。子供はそれを「いじめ」ととり、反抗した。父は息子に農業の趣味を伝えようとし、ドラック下流左岸の山中にあるクレの別荘へ息子をつれて行く途中は、自然や風景の美を説いたが、すべては逆の効果しかうまず、息子は父に逆らうのを喜びとするようになった。

ただこのクレにはセラフィーもライヤンヌ師も来ず、少年は唯一の自由な時間をすごすことができた。父のお説教とは無関係に、少年はここで自然を、木々を、山々を愛する。人手に渡って

父シェリュバン・ベール

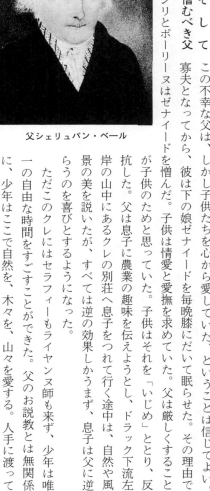

からも、スタンダールはこの土地を、この上なく懐かしんだ。

しかしこの父こそ哀れである。王政復古の一八一四年には、グルノーブルを訪れた王弟アルトワ伯の手からレジオン・ドヌール勲章シュヴァリエ級を受章し、グルノーブル市助役、市長代理にまでなったこの陰気な男は、結婚する前から家族のために様々な苦労を重ねていたのである。彼は若いときから一〇人の姉妹の生計を支えていた。四人を結婚させ、少なくとも四人は修道院にいれた(これも金のかかる仕事である)が、この多数の家族の生計のために借金をし、土地の売買をし、メリノス羊の飼育に手をだして失敗し、普請気違いになり、街路整備にまで手をのばし、結局は借金を残して死んだ。現在ジャン‐ジャック‐ルソー街と直角に交差しているラファイエット街の一部はシェリュバンが切り開かせた街路であり、当時はベール街とよばれていた。ここにも息子に愛されず、理解されずに世をさった一人の父親があったと言える。

中央学校

革命政府の文教政策

一九八九年はフランス革命の二百周年で、日本でも様々な思惑がらみの行事があった。マリ＝アントワネットへの過大な関心は宝塚の『ベルバラ』フィーバーの余波にすぎなかったが、フランス革命二百周年がベルリンの壁の崩壊と期を一にしたことは記念すべきことであろう。フランス革命は確かに世界的な事件であった。そして一八世紀を通じて発展してきたフランスの資本と学術は、革命の時代に大きな業績を残すのである。その一例が一七九三年八月一日のメートル法制定であろう。立憲議会の議決により、長さの単位一メートルは地球の子午線一度の長さの四千万分の一に定められ、この子午線一度の長さを実際に英仏海峡に面するダンケルクと地中海にのぞむスペインのバルセロナの間で実測したのは、フランスの二人の科学者ドランブルとメシャンであった。こういう気宇壮大で清新な科学主義が、やがてくるナポレオン独裁までの短い期間、みごとに花開いたのが各地に作られた中央学校（エコール・サントラル）であり、パリにおかれた理工科学校（エコール・ポリテクニック）であった。イゼール県の中央学校はグルノーブルにおかれる。アンリ・ガニョンはその設立委員の一人であり、教授陣の選考にも参画した。父とセラフィーは反対したが、町の名士である祖父アンリ・ガニョンが設立委員の一人である学校に、孫のアンリ・ベールが入らないということはありえなかった。

学校は現在のリセ街、旧イエズス会の学校のなかにおかれた。今日それはリセ・スタンダールという名の女子高校（！）になっているが、建物は往時のまま、なんの特徴もない三階だての石造りで、当時、裏は城壁と野原に面していた。現在のヴェルダン広場はまだなかったころである。アンリ・ベールはこの学校に一七九六年一一月二一日に入学し、祖父アンリ・ガニョンが述べる開校式の演説をきいた。心ときめかせて入学した少年は、まもなく級友とうまくいかないことに気がつく。粗野で育ちの悪い連中であった。彼らの方もアンリを、ぎこちない、気どった、おかしなやつと思うようになる。

しかしこの学校はアンリにとって陰鬱な家庭からの解放であり、また新しい知識の源泉でもあり、三年間の在学はスタンダールの知的形成に決定的な役割をはたした。人文科学だけではなく、多くの時間が自然科学と数学にあてられ、また一八世紀の感覚論哲学が神話と古い倫理学にかわって教えられた。ガッテル神父は論理学を、デュボワ・フォンタネルは文学史、フランス文学だけではなく外国文学も講じ、アンリ・ベールはこうしてシェークスピア、ポープ、オシアン、ゲーテ、メタスターシオ、アルフィエリ、ゴルドーニなどを知る。デッサンの先生ルイ＝ジョゼフ・ジェーは、絵画史をさえ講じうる人であった。数学の先生はデュピュイ・ド・ボルド。一年目、少年は祖父が審査委員長である数学の公開試験で平凡な点しかとれなかった。先生は貴族階級の子供をえこひいきした。少年は荒れて、級友と決闘沙汰をおこしたり、グルネット広場に植えられた自由の樹に発砲したりした。しかしまもなく彼は自分で数学の先生をみつける。幾何学者ガブリエル・グロであり、彼の個人授業はまさに空の開ける思いを少年にあたえた。この幾何学者は頭ごなしに公理を教えるのではなく、数式の何であるかを理解させる術を知り、それに熱烈な愛国者でもあった。スタンダールはやがてこの人物を『赤と黒』のなかに登場させることになる。

必ずしも数学の才があったとは言えない少年の方も、パリの理工科学校に入るため、つまりグルノーブルをさる手段として、数学に熱中した。第三学年では数学の一等賞をえる。「審査委員会の称賛つき」という成績で、日本式に百点満点に換算すれば九〇点前後の点数である。理工科学校への道は開かれた。パリへでる道と言ってもよい。

一七九九年である。ナポレオンはエジプトに進攻してフランス本国を空けている。共和国の敵たちは頭をもちあげ、敵軍は国境にせまり、味方の増援部隊はグルノーブルに結集する。騒然たる空気のなかで試験官はパリから来ない。理工科学校の志願者選考は、あらためてパリで試験を受けなおすという条件で数学教授デュピュイ・ド・ボルドにまかせられ、彼はこの町の有力者の息子を選抜者のなかに加える。一一月五日の暗い朝、父シェリュバンと息子アンリは、アンリをパリにはこぶ駅馬車の前で別れをつげた。父は目に涙を浮べていた。一人息子を現代のバビロンであるパリに送ることは、彼にはつらいことであった。息子は喜びにわれを忘れていた。いよいよ名声と恋をもとめてこの谷間の町をさるのである。夢の中のような幼い恋、旅まわりの女優キュブリー嬢への淡い想いは、グルノーブルの街角に破れて風に散った彼女のポスターとともに、もはや彼の心にはなかった。パリにでて芝居を書き、コメディー・フランセーズの座つき作者になり、女優を恋人にすることが、この一六歳の少年の確固たる志望であり、計画であった。

一一月一〇日、パリに着き、現在のグルネル街一一七番地、アンヴァリッドの近く、オテル・ド・ブルゴーニュに投宿する。同日イゼール県からは内務大臣にあてて、デュピュイ・ド・ボルドの選考結果が報告されている。アンリ・ベールは優秀な成績で理工科学校に合格していた。

Ⅱ

幸福と、そのありか

青春の日々

少年は空想していた。本の中で知った優美も機知も偉大もロマネスクな情熱も、パリにはすべてがあるはずであった。パリではすべてが美しく、洗練され、高貴であると思っていた。理工科学校はパリへ出るために家族を説得する口実にすぎず、学校へ行く気は初めからない。心に決めた二つの目標は、一方では古今の大劇作家、つまり「新しきモリエール」「フランスのシェークスピア」になることであり、他方では女たらし、ドン・ファンになることである。ホテルは高いから、すぐに安い下宿に移った。グルノーブルの級友たちにも出あった。すでに理工科学校へ行っている者もあり、これから入学試験を受ける者もある。みな親切にしてくれたが、アンリは鬱々として楽しまない。高揚した夢想と低俗な現実のあいだで不甲斐なくも病気になる。かかった医者が藪医者で、少年は牢獄のように七、八フィート上に窓が一つ、ろくに家具もない屋根裏部屋で、煎《せん》じ薬の椀を床において病状の悪化をまつだけであった。急を聞いて、パリ到着のとき挨拶に行った有力者、母方の親戚ダリュ家では、パリ第一の名医アントワーヌ・ポルタル博士に往診を乞う。病気は「胸部水腫」、今でいう肋膜《ろくまく》炎であったようだ。一か月後快方にむかい、ダリュ家に引きとられる。

パリ、残酷な幻滅

サン＝ジェルマンの貴族街

ダリュ家の老ノエル・ダリュ氏は少年の祖父アンリ・ガニョンと本従兄弟である。ノエル・ダリュ氏の二人の子供ピエルとマルシアルは、アンリと又従兄弟ということになる。そして長男のピエル・ダリュは陸軍省の計理部で強腕をもって鳴る当時三二歳のエリート官僚、弟マルシアルは二五歳の遊びざかり。ピエルは権高な保護者として、マルシアルは憧れのパリのダンディーとして、一六歳の少年アンリ・ベールの前に現われるのである。ピエルはやがてナポレオン軍の計理長官として一八〇九年に伯爵になり、一八一九年には貴族院議員になる。また文筆にも長じ、一八〇六年には、当時フランス学士院の名であったアカデミー・フランセーズの文学部門の会員にまで選ばれた。マルシアルも計理畑を歩いて一八一三年に男爵になる。そしてダリュ家の邸宅は、サン＝ジェルマンの貴族街、現在のオルセ美術館のすぐ近く、リル街五〇五番地にあった。今も残る石造りの暗い重厚な建物は、アンリがここに引きとられた一七九九年の冬、病みあがりの彼の眼に、いちだんと陰鬱に映ったであろう。後にふれるがリル街五〇五番地、このアドレスを記憶しておいて頂きたい。

ダリュ家では、アンリは厚遇されたと言ってよい。しかしそれが耐えられなかった。この人嫌いな、無口な、神経が露出しているような少年は、他人の家で暮すことができなかった。食卓につくのもサロンにでるのも苦痛だった。まわりからは変な子供、気違いと思われているに違いなかった。理工科学校へ入れられそうになる。彼は聞えないふりをする。しかしついにピエル・ダリュの命令で陸軍省で働くことになる。それは一八〇〇年の一月末か二月の上旬であった。

陸軍省

こうしてグルノーブル中央学校の優等生は陸軍省の下っぱの書記になった。不思議なのは、極端なほど一人息子の将来を心にかけた父親が理工科学校入学を強要しなかったことである。奇妙な放任主義が厳重な監視にとってかわった。息子を信頼していたのか、ただ身近にあるものにだけ心を動かされる性格であったのか、それは息子にも分らなかった。ともかく理工科学校へ行くよりはましだったから、アンリはこの運命を甘受した。しかし事務所勤めはこの少年に向かない。同僚は愚鈍であり、課長は食料品屋の店員ていどの男である。役所の中庭の短く刈りこまれた菩提樹を見て少年は思う、あのクレの庭で、のびのびと枝をのばしている菩提樹とはなんという違いか。この寒々とした中庭の菩提樹に、アンリは自分の境遇を見た。しかしこの短期に終った陸軍省勤務は、彼に現実の苛酷さを教えた。熱烈な夢想と厳しい現実感覚が矛盾なくスタンダールにおいて共存していることを、やがて私たちは知ることになる。

イタリアへ幸福の土地へ ボナパルト将軍がエジプトから帰国する。祖国を脅かす外敵を排除するため、彼はディジョンで編成された予備軍をひきい、北イタリアに進攻し、オーストリアを掣肘《せいちゅう》しようとする。第二次イタリア遠征である。ピエル・ダリュもマルシアルも計理監査官として参加する。そしてこの親類の厄介者の少年も、二人に数日遅れてイタリアにむかう。馬にのり、剣をつり、三〇冊もの当時流行の縮刷本を鞍《くら》につけてである。ディジョンからジュネーヴへ。ジュネーヴでは当時ジャン＝ジャック・ルソーの生家と言われた建物を見学して『新エロイーズ』

への熱狂を癒す。そして一八〇〇年五月二三日、ジュネーヴを発ってレマン湖の北岸を東進し、二四日、湖畔の村ロルで、丘の上の教会の鐘の音に、彼は異様な感動を覚えた。

「ロルで、だと思うが、早く着いて、『新エロイーズ』を読んだ幸福感と、たぶんロルをヴヴェーととりちがえて、これからヴヴェーを通るのだという思いに酔っていたとき、とつぜんロルかニオンの半里ほど上の丘の上で教会の鐘が荘重な音色でなりひびくのが聞え、その丘へ上った。眼下にはあの美しい湖がひろがっていた。鐘の音は恍惚たる音楽で私の想いを伴奏し、想いに崇高な様相をあたえるのであった。

あの時こそ、私が完全な幸福に最も近づいた時であったと思う。

このような一瞬のためにこそ、生きてきた甲斐があるのだ」

これは三五年後、五二歳のスタンダールが『アンリ・ブリュラールの生涯』に書き残した一節である。「完全な幸福」と「崇高」ということ、これをスタンダールの世界へ入るための鍵として記憶しよう。母の死後、孤独と抑圧と反抗の年月の後に、アンリは初めて幸福になる。想像力は馳せめぐり、悦びにうちふるえる心の中に、これまで読んだ無数の本の主人公が、群れをなして現われる。彼自身が今やル・シッドであり、ドン・キホーテであり、アリオストやタッソやコルネーユやシェークスピアの熱烈で高邁なヒーローであり、またなによりも、四〇年後に書くことになる『パルムの僧院』の主人公ファブリス・デル・ドンゴだった。五月の陽光をあび、大きなスイス馬にようやくのことでまたがって、イタリアへ入って行く多感な一七歳のアンリこそ、ファブリスの原形と言えるのである。グルノーブルとパリという壺のなかで暮してきたアンリは、ここで全身の毛穴から自由の味を吸収する。栄誉と恋と自由の夢は、すでにイタリアへ飛んでいた。もちろんすべて夢である。彼は二五歳でイタリア戦役に従軍する一七世紀スペインの大劇作家カルデロン・デ・ラ・バルカに自分を見たてた。自分は戦いを見にゆくのだ、そしてモリエールのような「劇作家」になるのである。やがて『パルムの僧院』の一部となるこの生涯の一幕を生きながら、彼は一瞬も「小説家」になろうとは考えなかった。

砲火の洗礼

今から二世紀前の大サン–ベルナール峠が、どれほどの難路だったかは想像をこえる。道らしい道はほとんどなかった。断崖絶壁をめぐる険路を、大砲をひいた大軍が完全武装で越えるのである。アンリはこの険路を、幸い途中で知りあったビュルルヴィレルという大尉の保護のもとに、馬を御して、というより馬に乗せてもらって通過する。難路になやむ兵士たちの羨望と怒りは彼らの上にそそがれる。あやうく馬を奪われそうになる。イタリアの詩人タッソの名作、第一次十字軍を主題とした叙事詩の傑作『エルサレムの解放』を地でゆくつもりのアンリは、こうして人の醜さを知るのである。

しかし雄大な眺望には魅惑される。父に教えこまれて嫌悪の対象であった自然が、まったく新しい姿を彼の前に現わす。「サン－ベルナール峠ってこれだけですか」と言ってビュルルヴィレル大尉の気を悪くする。峠をこえれば路はアオスタの谷に入る。ウィンパーの『アルプス登攀記』によればヨード不足のために甲状腺腫の多発する地方、また羚羊《かもしか》の密猟で知られた地方である。この谷間をでて路は北イタリア最初の町イヴレアにむかう。そこにバールの要塞があって、ナポレオン軍の進路を妨げている。砲声は盛んにおこり、少年は熱狂する。命令によって部隊は要塞を迂回するため、臨時に作られた小道をたどる。しかし要塞の射程内であり、馬が足を滑らせれば谷への転落も避けられない。小さな台地に馬をとめて、アンリはこの初めての危険を味わう。初陣である。

「これが私が砲火をみた最初である。それはもうひとつの童貞とおなじく私にのしかかっていた一種の童貞であった」

イヴレアの一夜

高い山々は北東に、まだ左うしろにそびえているが、右手にはすでにポー川ぞいの平原が眼路も遥かに広がっている。六月一日という季節から言って、猛々しいほどの緑がこの平野をおおっていたであろう。そこにベールが初めて知ったイタリアの町イヴレアがある。町には劇場があり（じつはそれはノヴァラであったかもしれないのだが）、開いていて、看板がでていた。演《だ》し物はチマローザの歌劇『秘密の結婚』である。もう一度『アンリ・ブリュラールの生涯』にもどろう。

「そこで、私は見にいった。チマローザの『秘密の結婚』をやっていて、カロリーヌを演じる女優は前歯が一本なかった。これが神々しいほどの幸福から残っているすべてである。

この幸福をこまかく書こうとすると、私は嘘をつき、小説をつくることになりかねない。たちまち私の二大行為、一、サン‐ベルナールを越えたこと、二、砲火をあびたこと、は消えさった。それらすべてが粗野で低いものに見えた。私はロルの上の教会で感じた熱狂に似たなにものかを、だがずっと純粋で、ずっと激しいものを感じた（……）チマローザではすべてが神々しかった。

快楽のあいまに私は思った。「私はこんな粗野な職業になげこまれてしまった、生涯を音楽にささげないで！」

答えは、なんの不満もなしに、こうであった。「まず生活がある、これから世間をみる、そして立派な軍人になる、そして一年か二年したら、音楽に、私のヽ唯ヽ一ヽのヽ愛にもどろう」と、私はこんな誇張した言葉で考えていた。

私の生活は一新された。そしてパリの幻滅は、どれもすべて永久に葬られた。

私は幸福がどこにあるかを明瞭に見たのであった。今日になってみると、私の最大の不幸は、こうであったにちがいない――ずいぶん長いあいだ、そこに幸福があると思っていたパリで、私はそれを見出さなかった。それではどこにあるのだろう。ほんとうにそれはあのドフィネの山中にないのだろうか、それなら家の者たちが正しくて、私はあそこへもどってゆく方がいいのかもしれない。

イヴレアのこの夜は私の精神のなかのドフィネを永久に破壊した。その朝着くときに見た美しい山々がなかったら、ベルランやサン＝タンジュやタイユフェールの山々は、いつまでも打倒されることがなかったであろう。

イタリアで暮らし、このような音楽を聴くことが、私のあらゆる考えの基礎になった」

これがスタンダールの回想である。この感動が何であるかを、一七歳の少年は知らない。またイヴレアでそれほど高度の演奏があったとは考えにくい。しかしこの一夜がスタンダールに、まさに彼の言葉どおり、幸福がどこにあるかを教えたのである。

チマローザの歌劇『秘密の結婚』

『秘密の結婚』二幕のオペラ・ブッファ　チマローザ、一七一二年、ナポリの近郊で生れ、七歳で孤児となり、パン屋の小僧になるが、音楽の才能が認められて、一七六一年一二歳でナポリの音楽院に入り、パイプオルガン、クラヴサン、ヴァイオリン、歌唱、作曲を学び、一七七二年、ナポリで喜歌劇《Le stravaganze del conte》でデビューし、一七八七年、ペテルブルグの宮廷にまねかれて、パイジェッロ、サルティ、ガルッピ、トラエッタなどの後をうけて女帝エカテリーナ二世の宮廷作曲家、指揮者になった。四年間の滞在の後、帰途ウィーンでレオポルト二世の求めに応じ、ジオヴァンニ・ベルタティの喜劇『秘密の結婚』に曲をつける。初演はウィーンで一七九二年、パリでは一八〇一年五月一〇日。つまり一七歳のスタンダールは、パリ初演のほぼ一年前に、イタリアの片田舎でこのオペラ・ブッファを知ったのだった。この作品は驚異的な成功をおさめた。ウィーンでの初演の後、レオポルト二世は楽士と歌手全員を宴会に招待し、再度全曲を演奏させたと伝えられている。

これはなかば性格喜劇でもあるブルジョワ劇である。ジェロニモ氏は裕福な商人で貴族になりたい。パオリーノという青年を店員に使っているが、パオリーノはジェロニモ氏の末娘カロリーナと密かに結婚しており、若い二人はつらい立場。ジェロニモはロビンソン伯爵が姉娘のエリゼッタに求婚にくると聞いて大いに喜ぶ。

〈第一幕〉

第一景　舞台は登場人物それぞれの部屋に通じるドアが見える体《てい》の広間。パオリーノとカロリーナは、はやく秘密にけりをつけて晴れて結婚する機会がほしい。パオリーノはカロリーナに計画を話す。ジェロニモ氏は貴族と親戚になりたい。そこでカロリーナの姉エリゼッタを一〇万スクードの持参金でロビンソン伯爵に嫁がせる。これはすべてパオリーノの胆《きも》いりだが、ロビンソン伯爵はパオリーノの保証人だから、秘密をうちあける時は力になってくれるだろう。

第二景　パオリーノはジェロニモにロビンソン伯の手紙を渡す。ジェロニモは一読して満悦の様子で、まもなくロビンソン伯がエリゼッタに求婚にくると明かす。

第三景　ジェロニモは家中のものをよびあつめ、エリゼッタと貴族ロビンソン伯爵との結婚がまとまったと発表し、カロリーナにはお前も貴族と結婚できるようにしてやると宣言する。

第四景　エリゼッタは伯爵夫人になるのを鼻にかけて妹のカロリーナを侮辱し、カロリーナは反発し、二人の叔母のフィダルマが仲にはいる。

第五景　フィダルマは、あなたは結婚するのだからと言ってエリゼッタをたしなめ、自分も結婚して、この家の女主人として地位を確かにしたいのだが、相手はパオリーノなのだとうちあける。

第六景　ジェロニモはカロリーナに、お前も騎士の花嫁になるのだと告げ、カロリーナは身の不運をなげくばかり。私には「こういうときに助言してくれる人がないんだわ」

第七景　ロビンソン伯爵が到着し、一同に挨拶するが、気どりすぎていて言うことがよく分らず、どうもカロリーナを花嫁と思っているようだ。

第八景　ロビンソン伯はカロリーナを花嫁と思いこみ、エリゼッタがそれは私だというと、「これはひどい、思っていたとは大違い、もう一人の娘だけが私に甘い情熱をひきおこす」となげく。

第九景　パオリーノはもはや秘密を明かす以外に手はないと思う。伯爵の力をかりればなんとかなろう。

第一〇景　伯爵はパオリーノに、カロリーナでなければ結婚しない、そのかわり持参金は半分でいい。この線で話をまとめてくれとパオリーノに頼む。パオリーノの驚きと嘆きも伯爵には通じない。

第一一景　伯爵はカロリーナに思いのたけをうち明ける。彼女は貴族の称号などほしくない。
「私はフランス語ではムッシュー、英語ではハウ・ドゥー・ユー・ドゥーとしか言えず、ドイツ語ではなんにも言えない、背の低い、人のいい、ふつうの小娘にすぎません」

第一二景　エリゼッタは父ジェロニモに伯爵の態度について不満をのべ、ジェロニモは娘をたしなめる。パオリーノが宴会の支度ができたと告げる。

第一三景　伯爵はふたたびカロリーナに、エリゼッタには愛着を感じない、愛しすぎるほどあなたを愛していると口説く。

第一四景　エリゼッタは伯爵とカロリーナに喰ってかかる。フィダルマは伯爵が約束をやぶるなどとは信じられない。「私は事実を確かめたいわ」

第一五景　一同「なんと不気味な沈黙」と歌う。カロリーナはすべては誤解から生じたのだと訴え、伯爵はジェロニモに、花嫁は私の気にいらない、「でもあとで、でもあとで、ゆっくり全部お話しします」

〈第二幕〉

第一景　伯爵はジェロニモにエリゼッタと結婚する気はないと言明する。ジェロニモは約束の履行をせまる。伯爵はカロリーナと結婚できれば五万スクード返すという条件をだし、ジェロニモはすぐにこの入れかえに賛成する。

チマローザ

第二景　パオリーノはフィダルマに相談しようとするが、フィダルマはそれを彼が求婚にきたと思いこむ。パオリーノは気絶する。フィダルマは薬をとりに退場し、そこへカロリーナが登場し、パオリーノとの痴話喧嘩。

第三景　カロリーナはパオリーノに、あなたは「妻としての私と愛人としてのもう一人の」二人の女をだましていると嘆き悲しみ、パオリーノはもう駈落ち以外に手はないと説く。「夜があけたらすぐ、庭の戸から外にでよう（……）、馬車が二人をまっていて（……）、御者が休みなく駆けさせて（……）、愛が二人を守ってくれる」

第四景　伯爵は自分はギャンブラーで道楽者で大酒飲みだと言ってエリゼッタに嫌われようとするが成功せず、ついに「私はあなたを愛していないし、私はあなたが我慢できない」と断言する。

第五景　ジェロニモはエリゼッタに有利な交換の話をもちかける。エリゼッタとフィダルマはカロリーナを遠くの修道院に入れろと要求する。

第六景　ジェロニモはカロリーナを修道院に入れる決心をする。さて、どうやってそれを言うか。

第七景　カロリーナは恥をしのんで秘密をあかそうと決心する。ジェロニモは彼女に修道院へ行けという。

第八景　カロリーナは身も世もあらず嘆き悲しむ。「心は、ああ神さま、私につげます、ふしあわせなカロリーナ、情け容赦のない天は、おまえに憐れみを感じていない、と」ロビンソン伯爵は同情し、自分の愛にかけて、なんでもしようと約束する。その情景をエリゼッタ、フィダルマ、ジェロニモがのぞき見する。

第九景　現場を押えられた形のカロリーナと伯爵は一同から非難され、カロリーナは身の潔白をたてるために三日の猶予を求めるが、ジェロニモはすぐに修道院へ行けと厳命する。

第一〇景　エリゼッタとフィダルマはカロリーナに復讐できた喜びを歌う。

第一一景　伯爵はカロリーナを家族の嫉《ねた》みから救ってやりたいと考え、エリゼッタはその様子をあやしむ。

終景　カロリーナの部屋から彼女とパオリーノ、つづいてエリゼッタ、フィダルマ、ジェロニモ、ロビンソン伯爵が、それぞれ自分の部屋からでてくる。パオリーノはカロリーナについてこいと言うが、物音がするので二人はカロリーナの部屋にひそむ。エリゼッタはカロリーナの部屋に伯爵とカロリーナがいると邪推して、フィダルマとジェロニモの部屋をノックして二人を呼びだす。三人はカロリーナのドアの前で「不実で下品で破廉恥で悪党の伯爵でてこい」と合唱する。伯爵は自分の部屋からでて「さあ、伯爵はここにいる」今度は「カロリーナでてこい」で、カロリーナがパオリーノと二人で姿を現わし、二人は愛しあっていて二か月前に結婚したと告白し、許しを求める。伯爵は二人を許してやれと言い、自分はエリゼッタと結婚すると言明する。フィダルマもパオリーノのことをあきらめ、ジェロニモ一人立腹のまま、一同めでたしめでたしで幕がおりる。

どんな作曲家も、これほど巧みに悲劇と喜劇の二要素を一つにまとめあげた者はいない。チマローザの管弦楽法は軽快で機知にあふれ、管を抑えて弦を歌わせ、柔らかで豊かな旋律を生みだしている。

チマローザ、モーツァルト　やがてスタンダールは、二九歳のとき、一八一二年、ナポレオン軍
シェークスピア　の主計官としてモスクワ遠征にくわわり、露都でひとつの重要なメモを残すことになる。

「私がチマローザが好きなのは、私がいつか生みだしたいと思っている感興と同じものを彼が生みだすところからくると思う。あの『結婚』の混然とした陽気さと情愛は、私にとってまったく生来のものだ」

チマローザの『秘密の結婚』の大筋だけは記したが、音楽を言葉で翻訳することは不可能である。実際にどんな作品か、手に入りにくくて恐縮だがレコードでお聴きいただきたい。当時と現在では歌唱法も楽器もちがうが、当時の方が現代の大編成大出力のオーケストラより繊細な演奏であったことは想像できよう。スタンダールの言う「混然とした陽気さと情愛」は、例えば第一幕第三景のカロリーナの嘆きとパオリーノの駈落ちのアリアであろう。短いフレーズの速いテンポの繰りかえしが生みだす、甘い感動的なシーンである。ところがこういう快楽を日本の文学は知らずにきた。

日本の知識人はロシア文学の魔性を、ドイツ文学の深奥を、イギリス文学の叙情を、フランス文学の精緻を知った。しかしイタリア文学で、ダンテの雄渾《ゆうこん》を論ずる人はあっても、アリオストの悦

楽と哀愁を味わう人は少ない。チマローザの逸楽、モーツァルトの憂愁、シェークスピアに見られる神々しいまでの解放感、人の世を超えた恍惚の瞬間を、やがてスタンダールは「崇高」とよぶことになるが、研究者も従来これに重きをおかなかった。日本ではスタンダールを、もっぱらエネルギーの礼賛者、情熱の画家としてもてはやした。そして日本の近代文学の主流をなす「私小説」の癒《いや》しがたい暗さと陰湿さのなかで、鬱屈する自我のはけぐちを求めた青年たちは、ジュリヤン・ソレルの必死の上昇のエネルギーに自らの姿を見たと信じた。『赤と黒』はすぐれた心理小説であると同時に、階級観念をはじめて文学に導入した傑作として、あるいはそのようにだけ、評価された。それに反論して今から言っておきたい。『赤と黒』をおとしめるつもりでは毛頭ないが、私はスタンダールの本領は『パルムの僧院』にあると言いたい。いずれ詳しく見ていくが『赤と黒』は壮絶な力技である。『パルムの僧院』こそ、イヴレアではじめて『秘密の結婚』を聴いて恍惚の瞬間を知った一七歳の青年の資質が大輪の花を咲かせた作品である。

　スタンダールは、やがて不思議な自伝『エゴチスムの回想』のなかで、一八二〇年ごろミラノで選んだ自分の墓碑銘を伝えている。その一節は「その魂の熱愛せるは、チマローザ、モーツァルト、シェークスピア」作家研究はまずその作家の証言を虚心坦懐《きょしんたんかい》に聞くことからはじまる。この証言を生活者スタンダールの証言とし、作家スタンダールには別の基準をあてがおうとした、そこに予断はなかったであろうか。チマローザとモーツァルトとシェークスピアを結ぶひとすじの糸を科学的に解読する試みは、まだなされていないように見える。

約束の地　ミラノ

幸福というただひとつの価値　これまで、アンリ・ベールと外界との接触で一貫していたのは幻滅であった。パリ、サン＝ベルナール峠、砲火の洗礼。しかしチマローザの音楽とミラノと緑のロンバルディア平原はそうでなかった。彼はえもいえぬ幸福感にひたっていた。このような充実感をあたえてくれるものは、この地上になにもなかった。今後、彼のあらゆる判断は、恋の陶酔も美の鑑賞も、彼にとって唯一の価値、この幸福、この「完全な美しさ」との比較によってなされる。ここではすべてが故郷グルノーブルとは違う。グルノーブルでは山だけが美しかったが、北イタリアのアルプスの山々は、それ以上に美しい。それは『パルムの僧院』のファブリスが、あるときはコモ湖畔から、あるときはファルネーゼ塔の上から見る山々である。

「彼のうっとりとした眼は、イタリアの北部にアルプスの山々が作りなす広大な壁の峰々の一つ一つをはっきりと認めていた。この峰々は、いつも雪におおわれて、八月のその時でさえ、焼けつくようなこの平原のただなかで、追憶でなにか涼気を感じさせる（……）」（第一八章）

ミラノでベールが出あった人々は、グルノーブルの冷たい人間とは違っていた。建物もスカラ座をはじめとして、その壮麗さは眼を奪った。ミラノはベールにとって幸福と美の象徴になる。三六年後、おなじイタリアとはいえ陰鬱な港町チヴィタヴェッキアにフランス領事として駐在し、自伝『アンリ・ブリュラールの生涯』でこの初めてのミラノ滞在に筆が及んだとき、スタンダールは次のような言葉を残している。

「どうしたらあれほどの狂熱をあまり非常識でない物語にできるだろうか。どこから始めようか、どうしたら読んでわかるようにするか。こう思うだけでもう、大きな情熱に駆られた時にそうなるように、私はどう字を綴ってよいかわからなくなるし、それが三六年前に起ったことについてなのだ（……）どうすべきか、どうしたら狂熱の幸福を描けるだろうか」（第四六章ミラノ）

アンジェラ・ピエトラグリュア

この一節は、ある一人の女性に関して述べられている。それはアンジェラ・ピエトラグリュア、彼の同僚ルイ・ジョアンヴィルの女である。当時二三歳、褐色の髪、大柄で肉感的、荘重な顔だちの浮気な女性。彼女はミラノの下級官吏の妻で、実家はフランス軍に軍服を納入して産をなした仕立屋である。夫はすべて見て見ぬふりをしている人であった。ベールは五歳年上のこの女性に文字どおり恋に落ちた。しかし口にだせなかった。女の方では仇《あだ》し男の数々をあしらうのに気をとられ、この無口な暗い眼をした若者には見むきもしない。それでよかった。ベールは長年、想像力を養うことができたからである。

軍隊生活の屈従

ピエル・ダリュがアンリをイタリアまでつれて行ったのは戦場で手柄をたてさせるためではない。彼はこの親類の子を、計理畑で世にだしてやろうと思っていた。自分が直接監督できる分野であり、いずれ折をみて陸軍主計官にするつもりだった。そのためにはまず軍隊勤務三年の経歴と将校の肩書が要る。そういうわけでアンリ・ベールは一八〇〇年九月二三日、騎兵小尉に仮任官し、一〇月二三日竜騎兵第六連隊に配属され、翌年二月一一日、正式に騎兵小尉に任官する。美々しい制服、羽根つきの軍帽、サーベル、駿馬、まさにジュリヤン・ソレルが夢みることになる雄姿である。

しかし軍隊生活には勤務がある。これがアンリには耐えられない。ミラノを離れて原隊に合流し、北イタリアの各地に駐屯する。北イタリアの美しい町々、バニョーロ、ロマネンゴ、クレモナ、ベルガモ、すべてアンリには気にいらない。健康状態もよくなかった。腹ぐあいが悪いうえに、ブレッシアの娼婦にうつされた病気の後遺症がある。ジョアンヴィルの推薦で第三師団師団長ミショー将軍の副官になったのも、司令部づきなら時間も自由、兵営生活からも逃れられるからである。ピエル・ダリュはこの人事に反対する。勤務年数からも階級からも、アンリには司令部づきの資格はなかった。この間、アンリはゴルドーニの喜劇『ゼリンダとリンドロの恋』を見て、翻訳をこころざす。それが現在『ゼランドとランドールの恋』として残っている。翻訳ではあれ、彼の手になる戯曲習作の中で、ただ一つだけ完成した、たのしく読める作品である。これを出発点とする『当世夫婦気質』という喜劇の草案もある。

しかしやはり原隊に復帰しなければならない。原隊とともにアンリはブラからサリュツォに移る。病気になり、「ホームシックと憂鬱症」と診断される。大いに運動し、仕事し、孤独をさけよと医師は言うが、野卑な同僚のあいだでアンリは孤独にならざるをえない。ついに健康上の理由で休暇をえて、一八〇一年の末グルノーブルにむかう。二年間の不在、しかしなんという二年間であったか。

グルノーブルで

輝かしい軍服をまとったアンリの帰郷は、グルノーブルでセンセーションをひきおこすはずであった。理工科学校へ入らなかったという悪口も、すこしはましになるであろう。どれほど誇らしく、アンリは拍車をならしてグルネット広場を散歩したであろうか。

彼の帰りをまち望んでいた幼友達、ほとんど彼を恋していたヴィクトリーヌ・ビジョンについては触れない。もう一人のヴィクトリーヌ、ムゥニエ家のヴィクトリーヌがアンリの心をとらえる。父親ジョゼフ・ムゥニエはアンリの祖父ガニョン博士の援助で学業をおえ、旧制度の下で判事の職につき、大革命でワイマールに亡命していた、それが家族をつれて帰国したのである。長男はエドワール、二人の娘のうち上の娘をヴィクトリーヌといい、アンリはこの自分と同年の娘に、気もそぞろなほど恋してしまう。

アンリ・ベールの恋のパターンは一生を通じて変らない。早々にその特徴を指摘しておく。恋するやいなや、奇妙な内気にとらえられて、恋を告白するどころか、愛する女性に言葉をかけることさえできなくなる。そこで間接的に思いを通じようとする。このたびは兄のムゥニエに長い熱烈な手紙を書くことであった。

ムゥニエ家はパリにむけて発つ。当主ムゥニエがナポレオンの官僚機構に迎えられたのである。翌一八〇二年五月、ムゥニエはブルターニュの主都レンヌの県知事になる。父とともにパリを去るヴィクトリーヌを、アンリはパリで見送る。つまり彼はパリにきていた。もちろん理工科学校へ入るためでも軍隊に復帰するためでもない。「モリエールのように芝居を書いてパリで暮らすため」である。不思議なことに父親はこの荒唐《こうとう》無稽《むけい》な計画に反対しない。それどころか逼迫《ひっぱく》しつつある家計から無期限の仕送りを約束する。アンリはパリに出、ルーヴル美術館の近くの屋根裏部屋に居をさだめて、猛烈な勉強を始める。そして驚くべきことに、ほぼ一八〇三年から一八〇六年の間、二〇歳から二三歳の間に、後の小説家スタンダールの原形は完成する。この間ほとんど万巻の書を読んだと言ってよい。その読書のあとを一八二〇年代まで克明に跡づけ、スタンダールの精神形成を解明した仕事が、ヴィクトール・デル・リット氏の学位論文《La vie intellectuelle de Stendhal》

(『スタンダールの知的生涯』一九六二年)、それと対をなすのが一般読者を対象にした同氏のスタンダール伝《La vie de Stendhal》(『スタンダールの生涯』一九六五年)であり、本書は後者に多くを負う。

Ⅲ　崇高と優しさを求めて

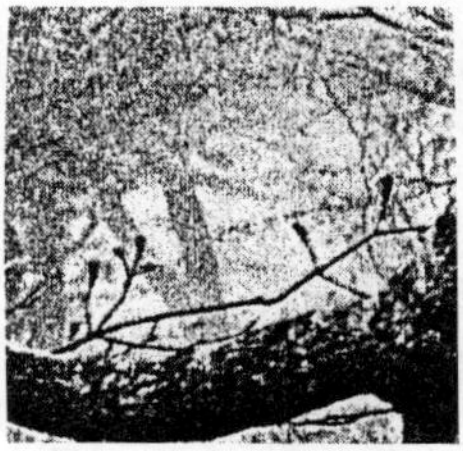

「ロマンティックという名の優しい崇高」——1

理論の形成　粗い言いかただが、一八〇三年から一八〇六年まで、つまり二〇歳から二三歳の間に、スタンダールの文学理論の主要部分は形成された。念のために言うが理論があって次に実践があったわけではない。理論を作りあげてそれを発表することの愚かさを、この青年は承知していた。それは自分の天才の秘密を他人に洩らすことではないか。

崇高と優しさ　またこの「理論」も、彼の数百ページのメモから私が抽出したものであり、実践から理論が生れた面もないわけではない。もちろんこの青年の「方法」への素朴な信頼は見のがせない。「あのコルネーユがほとんど偶然によっていたものを、私は私の方法のおかげで、確実に手にすることができる」これは方法論への過信であろう。しかしこの青年は同時に、おそるべき量のものを読み、また書いているのである。彼の目標は新しきモリエール、フランスのシェークスピアになることである。どうしたらなれるか、文名を獲得するにはどうすべきか、またその名声を永続させるにはどうすべきか、これが探求の第一歩である。

名声を確実にするためには

軍人の名声を考えよう、救国の英雄が称賛されるのは彼の行為が国民を救ったからであり、国民にとって彼が有用だったからである。しかし平和がくれば彼の威光は薄らいでくる。もはや国民にとって彼は有用ではないからである。文学者の名声もこれに類する。作家は、その作品が、観客や読者に有用であるかぎり名声を保持する。つまりその作品が観客や読者にはげしい快楽と強い感動をあたえるかぎり、作家の名声は永続する。

ここから二つの規範が生じる。

まず、やがて存在しなくなるものを描いてはならない。例えばフランス古典喜劇の大御所モリエールの作品で、女性の愚かな虚栄心を諷刺した『女学者』と『笑うべきプレシユーズ』は、もはや観客の興味を引かない。なぜならばこのような虚栄心は作品の効果によって消滅した。喜劇は勧善懲悪という自浄作用によって自己を破壊するのである。

この点だけで言えば悲劇は老いない。悲劇が扱うのは人間の情熱・情念であり、それは時代とともに変ったりしない。嫉妬の典型「オセロはあらゆる世紀において同じである」これに対して喜劇は老いる。同じく人間を対象とし、性格を描くことを目的とするが、喜劇は風俗と無関係でありえず、風

スタンダール
（1802年〔19歳〕ごろ）

俗は変化し、喜劇はその風俗に関する部分が老いるのである。作品の価値の永続性という点では、喜劇にはこれだけのハンデがある。にもかかわらずアンリは喜劇を選ぶ。自分に悲劇の才能がないという述懐は散見するが、これだけ刻々に自分の周囲を見つめ、他者と自己との対比において自己の何であるかを知ろうとしていた青年が、社会のなかの人間を描く喜劇をすてるはずはなかった。これはスタンダールの中心的問題、彼の芸術と深部でつながるエゴチスムの問題である。

未来の観客をターゲットに

やがて存在しなくなるものを描いてはならないという規範は、後世かならず存在するものを描けと読みかえることができる。そうすれば作家の文名は将来にわたって確保される。しかし人類が進歩する以上、作家は自分の描く登場人物に、将来の観客や読者がもつはずの最高の知性と最高の情熱をあたえておかなければならない。現時点で最高の頭脳と情熱をもった人物も、百年後の観客・読者には見るに耐えないほど愚鈍であろう。そのとき、その作品は快楽をあたえられず、作家の名声は失墜する。このように思いさだめて、一九世紀の初頭に、わずか二〇歳の一青年が「二〇世紀のために仕事をする」と言明した。これは尋常な頭ではない。しかも二〇世紀のために創造すべき、最高の頭脳と最高の情熱をそなえた登場人物のモデルは自分だと確信している、これも常人の判断ではない。そして登場人物に最高の知性と情熱をあたえること、これをまずアンリは「崇高化」と呼ぶ。

古典の崇高と近代の崇高
力の極限と愛の極限

ところでギリシアの昔いらい「崇高」とは悲劇の概念である。アンリ・ベールも知悉《ちしつ》していた崇高の例は、次の通りである。

〈メディアの「私が」〉

悲劇『メディア』にはギリシアの悲劇詩人ソフォクレスと、それに想をえたコルネーユの同名の作（フランス語では『メデ』）がある。メディアはギリシア神話の女性像のひとつ。岩波の西洋人名辞典は彼女についてこう記している。

「コルキス王アイエテスと妃エイデュイア（Eidyia ‐ 知者）の娘、キルケの姪、太陽神ヘリオスの孫。叔母と同じく魔法にたけ、イアソンに恋して、彼が父王よりかけられた難題を遂行するのを助けて成就させ、彼と共にアルゴ（Argo）に乗ってコルキスを逃れ、追跡する父を止めるために、弟アプシュルトス（Apsyrtos）を殺して海に投じた。イアソンの国イオルコス（Iolkos）では、王位を奪った叔父ペリアスを殺し、コリントスに逃れ、この地でイアソンがメディアを棄てて、コリントス王クレオンの娘グラウケ（Glauke）を妻としようとしたため、自分と彼との間の子を殺し、王とグラウケを毒をぬった衣を贈って殺し、竜車によってアテナイに逃れ、その王アイゲウスに取入り、新たに帰国した王の子テセウスを殺そうとして失敗し、遂にコルキスに逃げ帰った」

このメディアがイアソンに棄てられようとし、いわば四面楚歌《しめんそか》となったとき、侍女のネリンヌが彼女に言う。

「お国はお方様を憎み、お連れ合いは実なき方、かかる大きな不運のなかで、なにがお方様に残っております」

「私が、そうよ、私が残っている。そしてそれで十分です」

これがコルネーユ作の『メデ』の「私が」であり、フランス古典悲劇の崇高の例として名高い。観客はこの女性の怖るべき気力に、ほとんど戦慄《せんりつ》するのである。

〈アイアスの絶叫〉

アイアスはギリシア神話でアキレウスに次ぐ勇者である。アキレウスがトロイの城壁で倒れたのち、アキレウスの武具をオデュッセウスと争って敗れる。復讐を誓って夜討ちをかけたアイアスは、知恵の女神ミネルヴァに図られ、我にかえれば殺戮《さつりく》したのは羊の群れにすぎない。アイアスはこの屈辱と不運を嘆き、この世に名残をおしみつつ自刃する前に「さらばこの世よ、さらば祖国よ」ではじまる悲壮な長文の独白を残す。これも崇高の一例である。

〈「死ぬべきであったのだ」〉

コルネーユの悲劇『オラース』は、ローマと隣国アルバとの葛藤にまき込まれた二つの家の悲運を描く。二つの家は縁つづきである。ローマのオラース家の青年オラースの妻はアルバ方のキュリアス家三兄弟の妹であり、オラースの妹カミーユはキュリアス家の三兄弟の一人の婚約者である。両国の王は、国の運命をそれぞれ三人の選ばれた戦士の決闘にゆだねる。両家の兄弟姉妹は、さまざまな思いをこめてこの悲しむべき高貴な名誉に直面する。決戦がはじまる。オラース側の二人は倒れ、一人は逃走という知らせが入る。家長オラースの激怒は「死ぬべきであったのだ」という台《せり》詞《ふ》となる。悲壮崇高の極みである。この逃走は重傷、軽傷を負いながら追跡してくる敵方の間隔をひろげ、反撃に転じて個々に討ち取るための手段であり、これに成功した青年オラースは、カミーユに面罵され彼女を殺すが、父親の弁護で許される。

〈テバイを前にした七将の誓い〉

岩波西洋人名辞典は、ギリシア神話の英雄の一人ポリュネイケスについて次のように記す。

「テバイ王オイディプスとイオカステの子。盲目となった父を兄エテオクレスと共に虐待してその呪いを受けた。兄弟は一年毎に交替にテバイの国を治めることとしたが、兄は初めの一年の後に王位を譲らなかった。その間ポリュネイケスはアルゴスに赴き、アドラストスの娘アルゲイア（Argeia)を妻とし、岳父やアルゴスの諸将に援けられてテバイを攻めた。これがテバイに向う七将の戦いである。しかしアルゴス軍は敗れ、ポリュネイケスはエテオクレスと相討ちとなって倒れた」

「七将の誓い」は、彼らが屠《ほふ》った牡牛の血に手を浸して、黒い盾の上に座して神々を戦かしめ、恐怖の神と軍神マルスとベロナに復讐を誓う場面である。

〈ローマの若き護民官スカエヴォラの剛勇〉

紀元前五〇七年、ローマは敵軍に包囲された。スカエヴォラは敵陣に潜入し、影武者の一人を敵の王と信じて刺殺するが、捕えられて敵王の前に引きすえられる。拷問にかけられる怖れにも動ぜず、自分を誤らせて影武者を刺した右手を罰するため、燃えさかる炭火にそれをかざし、苦痛の表情も見せず焼けつくすにまかせ、自分とおなじ三〇〇人の勇者が敵王の首を狙っていると宣言した（スカエヴォラ、すなわち「左利き」という名の由来である）。敵王は怖れおののき、急ぎローマと和を結んだと伝えられる。

以上が古典的な意味での崇高であり、いずれも人知人力を超えた、戦慄をともなう、恐怖と紙一重の強烈な感動である。フランス古典主義の理論的指導者ボワロの『ロンギヌス考』には、天地創造のとき神の「光あれ」の一言で光が生れる一瞬を崇高の例としてあげているが、理解しやすいイメージであろう。これが古典美であり、現代の美とは本質的に違うということを、アンリ・ベールはまもなく『イタリア絵画史』で力説することになる。しかもこれは『イタリア絵画史』で初めて生れた考えではない。伝統的な古典的崇高を念頭におきながら、青年アンリは早くも別の崇高を、いわば現代美における崇高に着目していた。彼の目標は「新しきモリエール、フランスのシェークスピア」だった。それでは彼はシェークスピアの、どこを評価していたのか。

「ロマンティックという名の優しい崇高」―2

シェークスピアの「場所の独創性」　アンリ・ベールが中央学校で外国文学を学んだことはすでに述べた。シェークスピアについても知識はあった。最初のメモはフランスでの発音どおり *Chexpire*（シェクスピール）などと綴ってあって微笑をさそうが、アンリの嗜好《しこう》は始めからはっきりしていた。それにパリへ出てからの勉強でまもなく英語を自由によむようになり、シェークスピアを原語でくり返しよみ、また一八一〇年代には同郷の友人ルイ・クロゼと二人でシェークスピアを精読する。いくつかのメモを材料に彼のシェークスピア観を抽出しよう。

「場所の独創性」［独創的な舞台面ということ］

性格の最上の展開の合間に場所の独創性をうみだす拡がり。ハムレットのテラス、ベラリウスがイモジェーンを迎える洞窟、神々しい画面、『マクベス』で海燕が巣をつくる城塞、月明りの庭から窓のジュリエットに話しかけるロメオ」（一八〇四年一一月一六日）

フランス古典劇の「三単一の規則」をご存じだろうか。「時の単一」は劇中の時の経過が二四時間を超えないこと、「場所の単一」は劇が同一の場所で進行すること、「筋の単一」とは、悲劇では主人公の直面する一つの危難、喜劇では主人公の性格がもたらす一つの葛藤の解決によって劇が大団円を迎えねばならないという規則である。上述のシェークスピアの諸場面がいかにフランス古典劇の制約と相いれないものであるかは明白であろう。場所の単一という規則を遵守《じゅんしゅ》すれば、悲劇では例えば宮殿の玄関のようなところに国王も謀反人もかわるがわる出てきて両手をひろげ、天井桟敷《さじき》を仰いで長い悲壮な台詞を高らかに読み上げることにしかならない。

スタンダールがシェークスピアを読むにあたって参考にしたイギリスの文芸評論家レノルズその他についてはここでは触れない。しかし『マクベス』の例で分るように、彼ははっきりとシェークスピア劇の最大の特徴の一つをつかんでいた。

「効果にはなんら言及せずに事実や物ごとだけを示して感動させるやりかたがあるが、これは感受性の強い魂（哲学者にあらず）に用いられる。（……）この方法は完全にスタール夫人には欠けている。彼女の書物は絶対に休息の瞬間が必要である。偉大なるシェークスピアが観客に示す瞬間である。悲劇『マクベス』で彼が恐怖を最大にまでおし進めるとき、ダンカン王に従う諸侯の一人が、マクベスの居城に入ろうとして、観客にとっては恐ろしいこの瞬間、彼らにとってはまったく単純なこの瞬間、仲間たちに、岩燕がきて巣を作っているこの城のたたずまいの甘美な美しさに注意をうながすところである。これはこの偉人の最も神々しい筆致の一つであり、コルネーユの「死ぬべ

きであったのだ」やラシーヌの「だれが殺せと言いましたか」より深いと思うし、感動的である」(一八〇五年二月五日)

古典の崇高の対極とは

アンリ・ベールがすでに新しい崇高美を、いわば現代の崇高美を狙っていたことがこれでわかる。ここに一つ、古典的崇高に対して別の崇高を対比した考察がある。やはり同時期のものである。

「オラースの「死ぬべきであったのだ」とメデの「私が」が軽い戦慄をあたえるということはよくわかる。しかし自分を暗殺せんとする者に対して、「汝の宗教は余を殺せと汝に命じ、余の宗教は汝を許せと余に命ずる」と言う、力山を抜くギーズ公の返事は崇高であり、「死ぬべきであったのだ」とは正反対の感情を生ぜしめる」

この「崇高」で「正反対」の感情とはなにか。ギーズ公アンリについて岩波西洋人名辞典は次のように記す。

「フランスの将軍(……)ユグノー戦争に参加し、父の死(一五六三)後は旧教徒の首領となり、顔の負傷から父と同じく《向う傷》と綽名《あだな》された。摂政カトリーヌ・ド・メディシスを左右し、コリニの暗殺、サン・バルテルミーの虐殺（七二）を煽動した。アンリ三世とカトリック同盟の指導者となり（七六）、更にアンリの嗣子なきに乗じて王位を窺い、スペインと結んでその援助を求め、アンリ・ド・ナヴァール（後のアンリ四世）を交えて、いわゆる〈三アンリの戦〉（八五《ママ》）を起した（……）」

史書によれば事件は次のように経過する。この〈三アンリの戦〉のクライマックスは一五八八年の五月にパリで起った「バリケード事件」で、スタンダールはやがて一八二八年、戯曲習作『アンリ三世』でこの政争をあつかうことになるが、このとき国王アンリ三世はパリを落ちのび、ロワール河畔のブロワで和睦のための三部会をひらき、ギーズをよぶ。一五八八年一二月二三日朝八時、アンリ三世の手の者二〇人はマントの下に短刀をかくしもって王の部屋で談笑し、他の一二人は長剣をおびて、その奥の王の政務室に待機する。王は政務室にギーズをよぶ。政務室に行くためにはまず王の部屋を通り、狭い通路をぬけて行かねばならない。その通路の扉をあけて、ギーズは長剣を手にした刺客の姿を見る。引き返そうとする彼の退路を短刀を抜きつれた二〇人が絶つ。刺客らは彼を押しつつみ、柄も通れと刺しつらぬく。大力無双のギーズは四人をはねのけ、一人の顔面を砕くが、ついに倒れる。彼がいつだれに「余の宗教は汝を許せと余に命ずる」と言ったのか、詮索《せんさく》しても意味はうすい。問題はアンリ・ベールがそういうシーンに着目し、そこに古代の崇高とは正反対の崇高を見ようとしたということである。古代の崇高の特性が「恐怖」「戦慄」であるとすれば、その対極である近代の崇高の特性は「恐怖」「戦慄」の反対概念、つまり「心やわらぐ、心ほぐれる、すべてを捨ててほっとする瞬間」でなければならない。実際のギーズ公は暗殺の危険を下算し、「やれるものか」と側近にもらしてブロワの城に入るのである。ベールが創りだそうとした一瞬は、生涯を抗争にあけくれた武将の心をよぎったかもしれない一瞬、禅語めくが「放下《ほうげ》」の瞬間である。やがて『アンリ三世』のなかでスタンダールが残すメモを先どりすれば、それは「(歴史的には)間違いだが、しかし真実な」瞬間である。

スタンダールは人間の完全可能性を信じている。人の頭脳はいよいよ鋭く、情念はますます激しくなる。そのような資質をもたされ、「真実、苛酷な真実」(『赤と黒』第一部のエピグラフ)のなかで戦いつづける彼の主人公たちは、愛以外のもの、本来が自分の本性とは無縁な外界のものすべてを捨てる、このような「放下」の瞬間を必要とし、求め、得、幸福に達することを、やがて私たちは知るであろう。

「ロマンティックという名の優しい崇高」—3

笑いの構造

喜劇と笑いは不可分である。ベールは「笑い」について、イギリスのホッブズから多くを学んだ。やがて四〇歳のスタンダールは一八二三年に『ラシーヌとシェークスピア』を出版し、華々しくフランスのロマン主義論争に打ってでるが、この論文に現われた笑いの理論は、まさに二〇年前の理論と同様である。「ホッブズによれば、私たちは、自分をだれかに比較して自分の方が優れていると思うときに笑う」という一八〇三年のメモは、はっきりと『ラシーヌとシェークスピア』第一部第二章『笑い』の冒頭に対応している。

「笑いとはなにか。ホッブズは答える。〈だれでも知っているあの身体的な痙攣《けいれん》は、他者に対する私たちの優越を思いがけず目撃することによって生みだされる〉」

そして舞踊会へ出かけて行くめかしこんだ青年が転び、泥だらけになって起き上がるときの滑稽さが例にひかれ、第二部の補遺では、さらに具体的に笑いの原因が例示される。

「いっしょにスケートをしている仲間の足もとで氷が割れる場合、私たちは〈私は氷の固さについて彼よりも正しく判断していたにちがいない、だから、私の方が優れている〉と考える」

「私たちは熱いスープを飲んで火傷《やけど》をした男を笑う。(……)私たちは〈私ならスープを口に運ぶ前に熱いかどうか調べて見るだろう。だから私の方が優れている〉と考える」

「最後に、一般的な原則。ある人物の軽信を、とつぜん私に示せ。そうすれば私は笑うだろう。私は何を笑うのか。私なら抱かないであろう軽信を笑うのだ。そこからあなたに対する私の優越と私の笑いが由来する」

この『ラシーヌとシェークスピア』の一節は一八〇四年の一つの考察に完全に対応している。モリエールの傑作『タルテュフ』をご存じであろうか。タルテュフという偽善者に完全にまるめこまれたオルゴンは、逆に自分を喰いものにしているタルテュフの身を案じて、「お気の毒に」という台詞をくり返す。

「(……)オルゴンの「お気の毒に」という台詞は喜劇的だ。私たちがオルゴンよりもずっと優れていることを常に私たちが感じる理由があるからである」

つまりスタンダールにおける「笑い」は劣等性の摘発である。芝居は勧善懲悪であるという伝統的な演劇観であり「喜劇詩人はアウゲイアスの厩《うまや》を清掃すべく命じられたヘラクレスを以て自任すべきである」という一八〇四年の考察もその裏うちである。もちろん一世紀後にベルグソンが『笑い』のなかで指摘する様々な微妙な問題点、例えば笑いと理知との境界も、スタンダールは理解している。「もし私たちを陽気にさせるために犠牲となった男の損害の大きさが、最初の瞬間から、私たち自身もまたこういう不幸に出あうかも知れないと私たちに考えさせるならば、もはや笑いは存在しない」（第二章）ここで崇高と同じく重要な概念である「おぞましさ」について述べている一節を引用しておく。まさに「おぞましさ」という見出しがついた考察である。

「つねに笑わせてくれる戯曲は、たえず私たちに自分の優秀さを見せてくれる戯曲である。ところが少しでも危険が見えると私たちの優秀さから眼がそれる。これが「おぞましさ」が現われると笑いが後退する理由である。『間男されたと思いこみ』でズガナレルがきて果敢にもレリオを背後から刺そうとするときに、これが感じられる。この計画を本気だと思えば、瞬間、笑いは止まるであろう。しかし観客の心は楽しみで一杯で、大急ぎでこの暗殺の考えをおし返すのである」

それではアンリ・ベールは戯曲習作でどういう「笑い」を狙ったか。登場人物をどのように描こうとしたか。

性格をどう描くか

『二人の男』

フランス古典劇の金科玉条である「三単一の規則」のうち「筋の単一」とは、悲劇では主人公の直面する一つの危機、喜劇では主人公の性格がもたらす一つの葛藤の解決によって劇が大団円を迎えねばならないという制約であると述べた。すでにシェークスピアへの心酔を表明し、やがて『ラシーヌとシェークスピア』でフランス古典劇攻撃の急先鋒となるアンリ・ベールも、「筋の単一」という点ではすぐれて古典的である。彼の念頭には一時性格喜劇しかなかった。モリエールでいえば『スキャパンの悪だくみ』のような笑劇ではなく『タルテュフ』『人間嫌い』『守銭奴』のような喜劇、すなわち偽善、厭世《えんせい》、吝嗇《りんしょく》という性格が、ある筋のなかで展開され、結末をむかえる劇である。ところでアンリ・ベールは劇のプロットと主人公の性格の展開を純理論的に考える。簡単に言えば、できあがった筋のなかに主人公その他の登場人物をはめこむのではなく、主人公の性格の展開が筋をうみだすべきであると考える。ひとつの性格を描きつくそうという意図からすれば当然の発想である。

ところで小説と違って、演劇では、ある性格の展開は、主として他の登場人物との対話によって行われる。主人公をPとする。この主人公が登場人物Aと対話するシーンをPA－1～nとし、登場人物Bと対話するシーンをPB－1～nとし、最後の登場人物Xとのシーン PX－1～nまで進んで主人公の性格が描きつくされ、そのときに芝居が終ることになる。それでは二〇歳のアンリ・ベールが計画した喜劇とは、どういうものであったか。

一八〇三年に着想し一八三〇年に『赤と黒』を書く直前まで仕事台にのっていた『ルテリエ』と

いう芝居がある。その直前に、散文の下書きとしてはほとんど完成していた『二人の男』という戯曲で、彼は「現代のタルテュフ」を描こうとした。二人の男とはシャルルとシャムーシー。前者は一八世紀啓蒙哲学の教育をうけ、後者は君主制的反共和主義の子。この二人が一人の娘アデールに恋する。二人にはそれぞれ後見がいる。シャルルにはエルヴェシウス流の哲学者である伯父のヴァルベル氏、後者には現代のタルテュフともいうべき大悪党デルマール。またシャルルには息子の栄達だけを念願する虚栄心と野心の権化のような母親がある。最後にシャムーシーの父母、以上が主な登場人物。シャムーシーの父はデルマールの策略で投獄されているが、シャムーシーの母親と結婚して財産をまきあげようとするデルマールの計画は、最後には失敗し、シャムーシーの父は釈放されて姿を現わす。デルマールは退却するが、その時の捨てぜりふが次作『ルテリエ』を予告していた。「退却だ、哲学がおれをこの家から追いたてるからだ。これから新聞をやって対抗するぞ」このデルマールをパリに追い、想を新たにして主人公ルテリエとし、当時の文壇の大御所、劇評家ジョフロワをモデルとした野心的な試みが、主人公と同名の喜劇『ルテリエ』であり、スタンダールという作家の工房の秘密をはっきりと見せる習作であった。つまり彼が、登場人物をどのように描いて行くかをである。

『ルテリエ』は詳しくいえば三つある。一八〇三年のもの、一八〇六年のもの、一八一〇年以降のもの。そしてこの時期は、スタンダールの生涯でも最大の変動の時期であった。

マルセーユ、ウィーン、モスクワ、パリ、ミラノ

食料品店につとめて

ほぼ一八〇三年から一八〇六年までの間、二〇歳から二三歳の間に、後の小説家スタンダールの骨格が完成したということは、くり返し言った。またこの間の猛烈な勉強の一端にも前節で触れた。そして『ルテリエ』と『イタリア絵画史』の原稿は、一八一三年に、当時ナポレオン軍の計理官であったその著者とともに、モスクワまで行っているのである。この間のスタンダールの足跡をたどろう。

一八〇二年、ヴィクトリーヌ・ムゥニエの次にアンリの心をとらえた少女は、五歳年下、当時一四歳の小さなコケット、アデール・ルビュッフェル。彼の恋の渇きを癒したのはその母親。そしてアンリは、一八〇四年の年末、マルシアル・ダリュと台詞朗読の稽古にかよっていたコメディー・フランセーズの俳優デュガゾンのところで、女優メラニー・ギルベール(芸名ルアゾン)を知った。彼女はアンリより三歳年上の当時二四歳、ノルマンディーのカンの出身で、二〇歳ごろの不幸な恋の後、女の子を一人かかえて生活のために女優をこころざし、子供をパリ南郊のヌイイにあずけて名優クレロン嬢に入門し、同嬢の死後はデュガゾンに師事していた。たおやかで、内気で、控えめで、ギリシア彫刻のような美貌であり、眼は青く大きく、身体つきは優美、スタンダールが恋した

多くの女性のうち、おそらく最も彼を愛したのは彼女であろう。

一八〇五年四月、彼女はマルセーユの劇場と契約をむすび、アンリは彼女とともにパリを発つ。彼の方にも計画はある。友人フォルテュネ・マントとマント＝ベール商会を設立する、だめならインドの植民地ポンディシェリへ行って一旗あげる。先だつものを調達するため、アンリはメラニーと別れてグルノーブルにまわるが、父がそんな金をだすはずもなく、メラニーのまつマルセーユに着いたのは七月二五日、そして食料品輸入問屋ムニエ商会の店員になった。メラニーは二七日、アンリの愛に応え、八月二五日、二人は郊外のユヴォーヌ川に遊び、メラニーは裸体で水浴する。楽しい日々であったことは想像できる。

この間、ヨーロッパの情勢は大きく動く。一八〇五年一〇月二一日、フランス海軍はトラファルガーの海戦にやぶれ、ナポレオンのイギリス進攻は夢となるが、彼の大陸軍は西ヨーロッパを席巻し、一二月二日にはアウステルリッツでロシア＝オーストリア連合軍に大勝した。アンリはこの機をとらえる。ピエル・ダリュ夫人とピエル・ダリュとにわびを入れ、一八〇六年七月一〇日パリにもどり、一〇月一六日、マルシアル・ダリュとともにプロシア＝ロシア戦役に従軍する。一〇月二九日ベルリンで臨時陸軍主計官補に任官、ブラウンシュヴァイク勤務を命じられて一一月一三日着任し、その後、計理報告等のための短期間の帰国を除いて任地に滞在、一八〇七年七月一一日には陸軍主計官補に任官、一八〇八年にはナポレオンのオーストリア戦役に加わってウィーンで勤務、一八一〇年一月パリに帰任し、八月三日国務院出仕心得に補された。同期の新任者一四三名、年俸

スタンダール（ケスデー画）
（1807年〔スタンダール24歳〕）

二〇〇〇フラン、八月二二日には帝室財務監査官を兼務、年俸追加六〇〇〇フラン、まさに華々しい出世コースである。現在のパリ第一区カンボン街に転居、この住居で一八一一年一月、オペラ・ブッファの第二歌手アンジェリーヌ・ベレーテルと同棲する。これは短期間だがスタンダールが生活をともにした、ただ一人の女性である。

そしてこの年、休暇をえてイタリアに遊び、九月八日、ミラノ到着の翌日、一〇年前に会って恋したアンジェラ・ピエトラグリュア夫人に再会した。昔のアンリ・ベールとは地位がちがう。アンジェラの扱いもちがう。九月二一日、彼女は彼の愛に応える。一一月二七日パリ帰着。その前に、ミラノで、アンジェラと会うために借りた部屋で、イタリアの美術史家ランツィの『イタリア絵画史』を読み始め、一二月四日パリで原稿整理用の厚紙製青リンゴ色のファイルに《*Iam. Gre. at.*》と記した。*I am great.* の意味であることは間違いない。

転戦の日々、恋人たち　そして仕事　一八〇九年、オーストリア戦役。五月から一一月、ウィーンで二つの陸軍病院の計理を担当する。同窓のフェリックス・フォールにあてた五月一八日の手紙。「ウィーン滞在はぼくを魅了し、不思議な憂愁をひきおこす。恋に心が傾きすぎる。

一歩あるくたびに美女」

一八一三年、ロシア戦役。七月二三日、サン＝クルーの宮廷で皇后から皇帝あての親書を託されたベールは、モスクワへむけてナポレオンの本隊の後を追った。九月一四日ナポレオン軍とともにモスクワに入り、一〇月一六日まで滞在する。この間に残した『ルテリエ』の重要なメモ、チマローザの『秘密の結婚』に関するメモについてはすでに述べた。当時メラニーはロシアの貴族バルコフと結婚してモスクワにいるはずであった。彼女はフランス軍の入城前に脱出してペテルブルグ（現在のレニングラード）へむかったことが判明したが、ベールはパリの公証人にあてて、彼女がパリにもどったら自分の部屋に住ませるよう、依頼の手紙を書いている。

一〇月一六日、退却用の食料調達を命じられてモスクワを発つ。一二月七日ヴィルナから妹ポーリーヌへの手紙。「モスクワからここまで五〇日続いた長い道（……）なにもかもなくして着のみ着のまま。ただ結構なことに痩せたけれど」

パリ帰着は一八一三年一月三一日、『イタリア絵画史』の草稿は退却の途中で失われた。四月一九日にはザクセン戦役従軍の命をうけてパリを発ち、五月、ドレスデンをへて、六月六日、ベルリン南東の町シャガンの臨時計理長官に任ぜられる。九月には休暇でミラノ。アンジェラを追うあわただしい日々。一一月末パリ、そして一二月三一日、サン＝ヴァリエ伯の補佐官としてドフィネ地方防備軍編成のためグルノーブルへむけて出発した。

一八一四年三月三〇日、パリに戻っていたアンリ・ベールは皇后のパリ退去と連合軍のパリ入城を目撃する。四月一日ナポレオン麾下《きか》の軍人・官吏の俸給は停止される。ベールについて当時の内務大臣・警視総監ブーニョ伯に提出された警察の報告書がある。

「肥満型（……）社交界に極めて稀れに出入りし（……）頻々と劇場にかよい、つねにだれか女優と同棲し（……）、多量の書物を買う。毎日深夜家に帰る」

これはベールの自筆である。七月一八日、ベールは陸軍大臣にあてて陸軍主計官補の休職手当（年俸九〇〇フラン）を申請した。旧ナポレオン軍の軍人や官吏に首都を離れるという条件で支給された年金である。そして七月二〇日、この「ナポレオンとともに没落した」男はミラノにむかった。

このような席の温まる暇さえない転戦の間に、常人ならばなにができよう。この間に彼が読んだ史書、紀行、回想録、伝記、論文、書簡集は数知れず、さらに友人クロゼを相手にシェークスピアの読書と注解、それに『ルテリエ』の推敲《すいこう》と『イタリア絵画史』の執筆がある。そして一八〇八年に書いた『スペイン継承戦役史』は、多くの回想録や史書からとった材料を自分の思考にのせ、自分の文体で書き改めるという、いわば「借用材料をスタンダール化する」手法を確立したものであった。

この時期の恋人たち、むしろアンリ・ベールの恋の対象となった佳人たちは、一八〇七年ブラウンシュヴァイクで土地の貴族の娘ヴィルヘルミーネ・フォン・グリースハイム（当時二一歳）、ほっそりとした、初々しい理知的な令嬢。一八〇九年ウィーンでは、なんと夫ダリュ伯を任地に訪れたアレクサンドリーヌ＝テレーズ・ダリュ伯爵夫人、ベールと同年だが、当時すでに六児の母、豊満な、睫毛のこい、いかつい、どっしりとした感じの貴婦人であった。

「ロマンティックという名の優しい崇高」―4

反動陣営をどう描くか『ルテリエ』　一八〇三年の『ルテリエ』の筋はないに等しい。最初の発想は、ルテリエが自分を諷刺する若い劇作家の戯曲の上演を妨害しようとして失敗し、その戯曲が上演されてしまうというだけの話である。しかしルテリエという人物の性格ははっきり規定されていた。見えっぱり、反哲学者、反ヴォルテール主義者等々、そしてモデルは前述のように劇壇の大御所、演劇評論誌『ジュルナル・デ・デバ誌』の主筆、当時とぶ鳥もおとすジャーナリスト、ジョフロワである。

ルテリエを諷刺する芝居の作者はヴァルド、その恋人の女優にルテリエが横恋慕するという設定で、またルテリエ側の人物として、宗教復活のためにナポレオンの専制主義を擁護する人物サン＝ベルナール、モデルは当時一流の文学者でナポレオンの外交官でもあったシャトーブリアン。またルテリエの虚栄心をたしなめ、滑稽化し、とげとげしさを和らげる役として、一八世紀の啓蒙哲学を信奉する女性をその妻にする。これが初期の『ルテリエ』であった。『これは酷い！　専制主義の味方、世論を毒するもの』という副題をつけたのも、またルテリエに『ジュルナル・デ・デバ誌』が日々掲載している愚論愚説を舞台上で説かせ、それを攻撃し滑稽化するという、ほとんど無尽蔵なソースを思いついたのもこのころである。ルテリエがやがてナポレオンになり、戯曲自体が強烈な個人攻撃となり、完成しても上演不可能になることは、この段階で眼に見えていた。

『ルテリエ』には一一のプランがある。その最終プランは一八一〇年八月三日付（スタンダール二七歳）で、他のプランの途中経過は省略するが、当初のプランより遥かに充実したものであった。大きく変ったのは、青年劇作家ヴァルドがシャペルという名前になり、マルシアル・ダリュ、さらにはアンリ・ベール自身として構想され、ルテリエ夫人が不用になり、シャペルにサン＝マルタン夫人という恋人を配し、またルテリエ側からのシャペル攻撃の材料として、シャペルの友人がチューリッヒで金銭問題で自殺したのをシャペルによる毒殺という噂を流す。そして舞台はパリのリル街五〇五番地、これはアンリも住んでいたダリュ家の住所。ルテリエの性格そのものは変化しないが、相手役の一人として金融界の大立者フージャール（最後のメモではロスチャイルド）という構想であった。

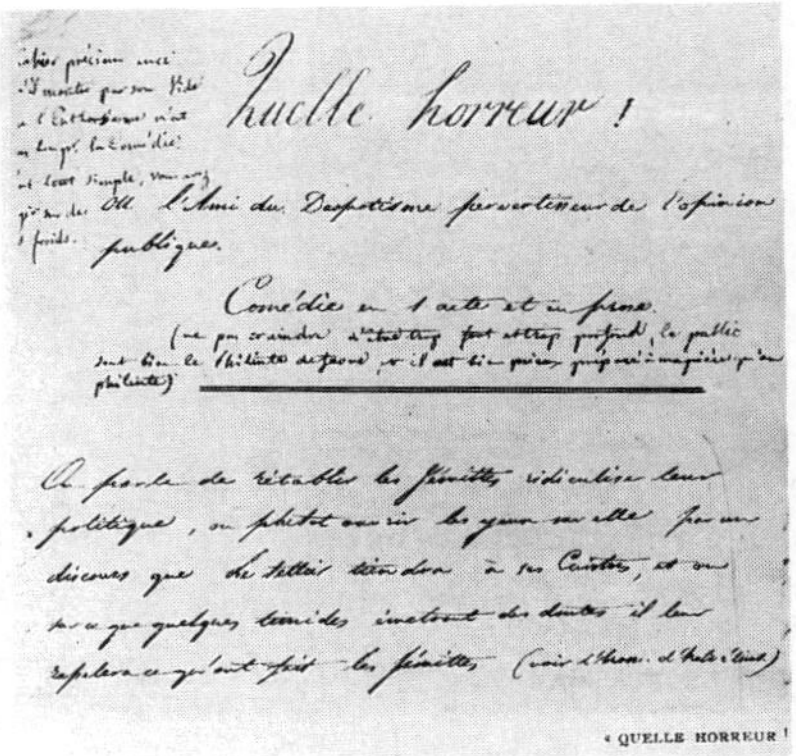
Quelle horreur !

Comédie en 1 acte et en prose.

QUELLE HORREUR !

『これは酷い！』
原稿タイトル部分

リル街五〇五番地

最近のパリの話題として、オルセ美術館がある。鉄道が先端技術であり文明の象徴であった一九世紀、駅が新しい時代の大聖堂であった時期の駅舎建築であり、オルレアン行きの列車はここから出た。しかしプラットフォームが短いため一九四〇年代からの電気機関車による大量輸送には適さなくなり、一部はホテルとして利用されていたが、一九八六年に美術館になり、ミッテラン政権の文化政策の目玉になる。その正面の広場にセーヌ河を背にして立てば、リル街の、もと五〇五番地の建物（現在の七九番地）の北面が眼に入る。詳しいガイドブックには hôtel Daru（ダリュ邸）と明示されている建物である。じつは現在の建物は昔のままではない。ピエル・ダリュが手にいれたころの建物は、旧ビシ侯爵邸であり、大革命の犠牲となった哲学者コンドルセの所有であった。この建物はとりこわされ、そのあとに現在の七九番地の建物がたったが、中庭から奥の部分、つまり南側の庭園に面する部分は昔のままに残っている。この部分の三階に、病後ダリュ家にひきとられた一七歳のアンリ・ベールの部屋があった。サン＝ジェルマンの貴族街の一角、厚い石壁の暗い重厚な建物を想像していただきたい。シャペルもルテリエもこの建物に住んでいるという想定である。シャペルがマルシアル・ダリュ、やがてアンリ・ベール自身になることはすでに述べた。『ルテリエ』の舞台がまさに現実の建物であったことに注意しよう。これを最も正確な意味で写実主義という。しかもあつかう材料、ルテリエの演説等々は、これもすでに述べたが『ジュルナル・デ・デバ誌』や『メルキュール・ド・フランス誌』の現実の記事であり、事実をそのまま写すという、これも写実主義の態度である。

ルテリエと「おぞましさ」　アンリ・ベールは登場人物に最高の知性と情念をあたえることを崇高化とよんだ。ルテリエを崇高化し、この専制主義の味方、世論を歪める者を、その最高の段階で描けばどうなるか。

「世論を歪めて専制主義を立ちなおらせようとする最良の頭をもった男を描けば、容易に偉大な性格を作りだすことになろう。ルイ一四世の聴罪師ルテリエの性格をサン＝シモンから抜き書きすればよいだけだが、それでは同時に非常におぞましい人物を作りだすことになろう」

ルテリエはシャペルを追い落すため破産させ、またサン＝マルタン夫人の寵を失わせるために知力のすべてを振りしぼる。こういう人物が見るもおぞましい印象をあたえずにいるであろうか。観客は息苦しくなるばかりである。観客には（そして実は劇作家にも）ほっと心のなごむ瞬間が必要ではないのか。

「おぞましさ」とはなにか。ベールはそれを「喜劇味という金属にまざりこんだ夾雑物で（……）喜劇味はこれから完全に分離されていないと商取引には使えず素人の眼には見えない」と定義している。ところでベールは素人むきの芝居を書くつもりはない。彼の狙いはルテリエという虚栄心の権化を描きつくすことであり、そこから結果する「おぞましさ」と紙一重の「高度なコミック」を生みだすことであった。

シャペルと快活さ

シャペルは、まずマルシアル・ダリュであった。アンリ・ベール憧れのダンディーであり、いつも陽気で快活で「見事な色男ぶり」という設定は、モデルがマルシアルであれば納得がいく。問題はベールがこの人物を、はっきりと金の世界と関係させることで、シャペルの友人の自殺とシャペル自身の破産を観客に理解させる下地を作っていることである。一八一〇年七月一七日の日付をもつメモは、これが単なる想像の産物とは考えにくいほど具体的である。

「以下が裁判所をしてシャペルを、友人の死を二日間かくした故をもって有罪とせしめる手段の一部始終である。有罪と認められれば、毒殺の噂と結びついて、彼の名誉は永遠に汚されるであろう。

このシャペルの友人で共同出資者は、なにか激情にかられた結果、四〇万フランの借金をしていたが、それをシャペルは寛大にも会社の借金と見てやっていた。

彼の友人の方も、出発前に、例の四〇万フランを貸した代理人が会社の手形を彼自身即ちシャペルの友人たる彼の手形に交換するように手配をすませていた。彼の財産はノルマンディーに、ルアンの近くにあったので、手形の交換が行われたのはこの町においてである。

この交換は一八〇九年六月二六日に行われたが、シャペルの友人は彼の腕のなかで、チューリッヒで、同月一七日に死んでいたのであった」

金額、場所、日付など、単に想像の産物なのか具体的な事件に想をえたのか、当時の新聞を徹底的に洗えばわかるだろうが、問題はむしろ、リル街五〇五番地と同様に、ベールが具体的な、現存する、あるいは現存して当然な条件のなかに登場人物をおいたことである。むしろ書物からの発想であった『二人の男』では見られなかったコンセプトであり、はっきりと進歩を示している。

そしてシャペルの性格として、彼がどんな場合にも失わない「陽気さ」は、この人物が大きな人物であることを示し、やがて述べるが『イタリア絵画史』の近代の理想美との関係を暗示する。それだけではなく、この人物もとうぜん崇高化され、ベール自身をモデルとするにふさわしい「稀にして完全な愛人」として構想される。彼だけがサン＝マルタン夫人の激しい恋を理解できるとすれば、これはすでにはっきりとスタンダール的人物であろう。スタンダールは「完全」という形容詞を無意味につかう作家ではなかった。

サン＝マルタン夫人とこの芝居からの「出口」　サン＝マルタン夫人、「シャペルの恋人、この上なく感じのよい女性、恋に生きる大柄なコケット、すこし悪女」「思慮のある、以前から信用があり、慎み深く、遊び好き」「社交界へ入った一〇年前から、あらゆる楽しみを追いもとめてきた（……）恋人をもったことは一度もない。これは定説になっていて、だれも彼女には手がだせない」

スタンダールが「＊＊＊＊年」と言うとき、五〇年とか一〇〇年とかを一単位にして現在から何年という言い方をする。例えば一八〇三年に「私は一九〇三年に理解されよう」と書くのは一〇〇年先を考えての発言である。ところで「社交界へ入った一〇年前から」というメモは一八一〇年に書かれている。一〇年を引けば一八〇〇年、それはアンリが初めてミラノでアンジェラ・ピエトラグリュアに逢った年だ。これは偶然の一致としても、詳しく読めばサン＝マルタン夫人に関する二つのメモには一部にイタリア語が用いられている。彼女はこのとき作者の頭のなかでイタリアと関連をもち、このサン＝マルタン夫人がルテリエの仕掛けを見ぬき、ルテリエがシャペルが書いたものだといって彼女に渡した諷刺詩をシャペルに返し、シャペルに逮捕状がでたのを知ると、いっしょに逃げようと提案する。これはなにを意味しているか。

若きスタンダールが主人公の性格を描く方法はすでに述べた。PA－1～nからPX－1～nまで無数に作られるシーンを適当にアレンジすれば、芝居は完結するはずである。ベールは一八一〇年八月、こうして書きためた場面——むしろ場面のアイディア——を整理しはじめる。筋からはみ出してしまうシーンが多いのを残念がりながら、全部で四一のシーンを選びだし、重要さの順で三つの等級に分類した。そしてそれら各々のシーンに笑いの対象となっている人物をメモし、またそれが G.S. なのか S.B. なのかを註記した。G.S. はおそらく Grande scène（大きなシーン）、S.B. はおそらく Scène bonne（よいシーン）である。そして注目してよいのは、サン＝マルタン夫人との愛情にみちたシーン、彼女が諷刺詩をてわたす場面は、だれも笑いの対象ではなく、また G.S. でも S.B. でもないということである。彼女がいっしょに逃げようと提案するシーンも同様である。そしてこの前者のシーンに、まさに「ロマンティックという名の優しい崇高」という註記がある。ルテリエという稀代の悪党、金の世界での「これは酷い！　専制主義の味方、世論を歪める者」、見るもおぞましい男との絶えざる闘争のなかでつねに快活さを失わない青年、息を殺して見まもる観客、たえず緊張を強いられている作者の三者にとって、出口はこのシーンだけである。それはフランス古典劇には禁じられた「拡がり」、すでに引用した一節だが「場所の独創性」というタイトルで「ハムレットのテラス、ベラリウスがイモジェーンを迎える洞窟（神々しい画面）、マクベスの岩燕が巣を作った城塞、庭から窓べのジュリエットに月光のもとで話しかけるロメオ」というシーンで示される「拡がり」である。「真実、苛酷な真実」の渦中の闘いをはなれて、この出口を出、この拡がりのなかに身をおけば、道はイタリアに通じ幸福に通じる。一八〇〇年、一七歳のアンリ・ベールがロルで、イヴレアで体験した「完全な幸福」の瞬間である。そして忘れてはならないが、この「ロマンティックという名の優しい崇高」というメモが書かれたのは、一八一六年八月一二日。その二日後にスタンダールは、シェークスピアの『十二夜』に想をえた『イタリアの外国人』という戯曲を計画するのである。

「ロマンティックという名の……」という表現についてつけ加える。スイスの歴史家・経済学者シスモンディは『ヨーロッパ南部の文学』（一八一三年四‐五月発売）で「ロマン主義は感情の自発性の同義語であり、古典主義はペダンティスムに等しい」と説いた。シスモンディのこの本をむしろイタリア文学の情報源と考えていたスタンダールは、この新しい考えを、同年一二月にでたA・

W・シュレーゲルの『劇文学講義』仏訳から知る。この本の発売は一八一三年一二月一〇日、その一週間後、スタンダールは『喜劇作法論』の第一五章として『ロマン主義的喜劇味について』という小論を書くが、このタイトルはシュレーゲルの用語である。そしてこのドイツの批評家は、喜劇味というものを本質的に「陽気なもの」「なにか空気のように軽やかな、ファンタスティックなもの、音楽が生みだすものに似た感情をあたえるもの」と定義していた。この定義がジャンルの別をこえて、フランス古典劇に欠如しているがシェークスピアには豊富にある「場所の独創性」につながることは明らかである。

音楽と絵画に求めたもの

「崇高な娼婦」アンジェラ　「ナポレオンとともに没落した」アンリ・ベールは、一八一四年八月一〇日ミラノに着いた。所持金は四二〇〇フラン。到着三日後にようやくアンジェラ・ピエトラグリュアに迎えられたが、その後、彼女は、ミラノで、そしてとくに彼女の友人の間でフランス人の評判がよくないという理由で、すくなくとも二か月間ジェノヴァに行ってくるようにアンリに言う。アンリは嫉妬し哀願し承諾する。一〇月、ミラノにもどったアンリに、彼女は二人の仲は終ったという。それから一八一五年の一〇月、アンリに同情した彼女の女中が彼に彼女の浮気の現場をのぞかせるまで、彼女は散々に彼を翻弄《ほんろう》し、彼の金をまきあげる。あれほど頭脳明晰な男が恋におちると盲目に近い。その程度の最もはなはだしかったのが対アンジェラの場合である。

『ハイドン・モーツァルト・メタスタージオ伝』　パリを発つ前、アンリはすでに新しい仕事を始めていた。一八一四年五月一〇日、イタリアのオペラ台本作者、音楽評論家ジュゼッペ・カルパーニの『ハイドン伝』の翻訳加筆を開始、これにさらにモーツァルトとメタスタージオについての文章を加え、一八一五年一月二八日、パリのディド書店から出版する。『著名なる作曲家ハイドンに関してオーストリアのウィーンより、ルイ＝アレクサンドル＝セザール・ボンベによって書かれた手紙。付モーツァルト伝、メタスターシオおよびフランスとイタリアにおける音楽の現状に関する考察』であり、自費出版（一七九〇フラン）、一〇〇〇部印刷である。

しかし彼がこれらの音楽家について、読者に伝えるなにを知っていたか。ハイドンの種本はカルパーニの『ハイドン伝』、モーツァルトについてはドイツのヴィンクラーが世紀の初めに書いた『モーツァルト伝』、メタスターシオについてはシスモンディの『ヨーロッパ南部の文学』、こういう本の書きかたを剽窃《ひょうせつ》という。当時コピライトという考えは現代ほど明確ではなかったが、カルパーニからの抗議は当然あった。私たちの問題は彼がなぜこういう本を書いたかということである。自費出版である以上金もうけとは考えにくい。奇妙なペンネームを使っている以上名声のためとも考えにくい。このペンネームは、しかも簡単な推理で解ける。ボンベはふつうの偽名として、その前の三つの名前のうち、ルイはナポレオンの退位ののち王政復古で王位についたルイ一八世、アレクサンドルはロシアのツァー、アレクサンドル一世、セザールはシーザーすなわち皇帝ナポレオンである。当時の人にはすぐそう読めた、それを見こんだペンネームである。若い読者諸君には実感しにくいであろうが、自分が属した社会体制の転覆にであうということは人の一生において小さなことではない。アンリ・ベールは、まさにそれに遭遇し、ペン一本で生活をささえねばならなかった。収入だけの問題ではなく自分のアイデンティティーを自らに問わねばならないのである。彼はこのとき仕事で自分を救おうとした。すでに『スペイン継承戦役史』でわがものとしていたエクリチュール、借用した材料を自分流に支配し、自分の視線にのせ、「スタンダール化」して書くという行為によって、彼は自己を救おうとする。こうして周囲のすべてが崩壊したとき、彼は自分の道を見出していた。ナポレオンの没落は文筆家スタンダールの誕生と時を同じくしたのである。

『イタリア絵画史』

『イタリア絵画史』の第一草稿はモスクワからの退却中に失われた。原稿は青リンゴ色の大判ファイルで一二冊あった。それをぜんぶ下書きをもとに再構成しなければならない。ミラノに着くや序文を書く。「絵画は、また美術一般は、精力の支配する国々でしか花開かない」仕事はアンジェラに翻弄されつつ、また別離のあとは忘却の手段として、一八一三年の九月から一八一六年の暮れまで続く。出版は一八一七年八月である。二巻本、一二フラン、自費出版、一〇〇〇部、パリ、ディド書店。ところでこれも剽窃であった。既述のように種本はイタリアの美術史家ランツィの同名の書。それ以外にも多くの著書が利用され、全体の三分の二が借用である。しかも奇妙なことに『イタリア絵画史』と題しながら、フィレンツェ画派を、しかも主としてレオナルド・ダ・ヴィンチとミケランジェロを扱っているにすぎない。爾《じ》来《らい》、美術史家はこの書に一顧もあたえず、スタンダール研究家も剽窃として多くを語ろうとしない。先入見からの下算である。スタンダールの真意はなにか。まず同時期の仕事『ルテリエ』との関係を見よう。

『イタリア絵画史』が書かれたのは一八一四年から一八一七年、『ルテリエ』の「ロマンティックという名の優しい崇高」というメモは一八一六年八月一二日、そして事実『イタリア絵画史』には、一八一六年の『ルテリエ』に冠せられた新たなタイトル『蠟燭けし』（世論を封殺するものの意）と「喜劇味」とシェークスピアについて、見逃すことのできない言及がある。

まず『イタリア絵画史』の第一五章に「最も愚かな読者ほど、だまされるのを最もおそれる」（喜劇『蠟燭けし』）という引用がある。そういう本文がないのだから引用ではなくて「引用のふり」とでも言うほかはない。同じ擬態がもう一つある。「理性は私にそう言うが、私の心は夢ゆめ信じぬ」（第一〇九章）。そして第一二五章の本文の註に「蠟燭けしの党派」という言葉が見られる。ところがこれらの引用や註記が本文の理解には必要でない。また喜劇『蠟燭けし』を知っている読者が事実上いないとすれば、これらの「引用」はなにになるのか。作家という動物がおこなうマーキングなのか。とくにスタンダールは、すべてを自分の視線にのせて書く。書きながら速いスピードで前進する。書くという行為は、彼においては自分の足跡を付けることである。『赤と黒』のような小説のなかにも、もっとはっきりしたマーキングがある。第二部第一三章をご覧いただきたい。

喜劇味、喜劇、さらには笑いについての考察は、すくなくとも六個所にわたって、絵画（あるいは彫刻）と演劇の比較として註の形で現われるが、これも単なる絵画史やフランス人観光客むけのガイドブックなら、すべて不用な考察である。とくに第一二五章「二〇世紀の革命」で、喜劇作家ルニャールの『メネクム兄弟』を材料にして笑いの問題に触れ、田舎者のメネクムが教会の檀家総代に腹をたてて「あいつの鼻を引き抜いてやりたい」と言うと、従僕が「どうなさるんで、檀家総代の鼻なんか」という個所を引用するが、この同じ個所は一八〇四年一一月二〇日の劇作メモにもあり、一八二三年の『ラシーヌとシェークスピア』の第二章『笑い』のサブタイトルにも利用されている。このように見れば『イタリア絵画史』という「剽窃」の書が一貫した創作活動の現われであり、はっきりとスタンダール化された書物であることは明らかであろう。

『ルテリエ』と『イタリア絵画史』との同質性を示すもう一つの指標はシェークスピアへの関心である。これもイタリア絵画のガイドブックとしては読者を戸惑いさせる記述である。『イタリア絵画史』の第三四章は『芸術家』と題されているが、ここには芸術家が魂をもたねばならぬ一例として、あの『マクベス』の「岩燕」の一節が英語の原文で引用され、この恐怖の雰囲気と静謐《せいひつ》な風景の対比が「いかに人間に自らの悲惨を知らしめ、深く暗い夢想に投げこむ」かを説く。また『イタリア絵画史』の第一〇一章「いかにしてラファエロを凌駕《りょうが》するか」には、シェークスピアの『シンベリン』について、とくに、イモジェーンの「優美な優しさ」について、非常に長い註記がある。これも絵画史としては無用の註記だが、スタンダールは第六部「近代の理想美」にとりかかる前に、古典美の「崇高」の対極として、近代美の「優美」を明確にしておく必要があったのであろう。

『最後の晩餐』と近代の理想美

スタンダールが古典悲劇の崇高に満足せず、現代の崇高美を狙っていたことは指摘した。この点で画家ドラクロアが絶賛した『イタリア絵画史』第四五章『グラーチェ修道院におけるレオナルド』の『最後の晩餐』の描写は圧巻である。

「諸君がこの絵を知らぬことはあるまい。あの美しいモルゲンの版画のオリジナルがこれである。それは死の前日弟子たちに取りまかれた若き哲人とのみイエスを観じて、「まことにわれ汝らに告ぐ、汝らのなかの一人われを売らむ」と、イエスが感動をこめて弟子たちに言われた、あのかくも心優しい瞬間を絵に表わそうとするものであった。思えば彼が自ら選んだ一二人の味方、不正不当な迫害をのがれるために共に身を隠し、この日彼がこの地上に打ちたてようとした心の集いと普遍的な愛の象徴である兄弟の宴に集まることを彼が楽しみにしていた味方のなかに、いくばくかの金のために彼を敵に渡そうとする裏切り者がいたのである。これほど崇高な、また心優しい苦痛は、絵画に表現されるために、最も単純な構図を要求する（……）

レオナルド・ダ・ヴィンチは、このときイエスの行動の本質をなす天上的な清純さと深い情愛を感じた。これほどまでに腹黒い行いの唾棄すべき下劣さに心は裂け、人間のかくも邪《よこしま》であるのを見て、イエスは生きて行くのが厭になる。かかる忘恩の徒とともに過さねばならぬ不幸な一個の生を救うより、いま自分の魂を満している天上的な憂愁に身をまかす方が安らかであると考える。イエスは己の普遍的な人類愛の体系がくつがえされたのを見る。「われあやまてり。己が心をもて他を量りしなり」とひそかに思う。彼の感動はかくも大きく、「汝らのなかの一人われを売らむ」という悲しい言葉を弟子たちに言いながら、彼らのうちのだれ一人をも、あえて見ようとはしないの

である」(傍点筆者)

念のため言うがスタンダールはこの『最後の晩餐』でイエスの宗教的感情を問題にしているのではない。「死の前日弟子たちに取りまかれた若き哲人とのみイエスを観じて」この人物の心に起った感動を述べているのである。「感動」という訳語は適切でない。フランス語では attendrissement「胸が一杯になる気もち」であり、世俗的判断なら一種の「気の弱り」とさえ言える、闘いをすてた天上的な憂愁 mélancolie の状態である。しかも闘争の相手は下賤下劣、「かかる忘恩の徒とともに過さねばならぬ不幸な一個の生を救うより」いま自分の魂を満している天上的な憂愁に身をまかす方が安らかである。これに先だつ一節は、明らかにこの「放下」を示している。「もし彼がふつうの人間であったら、こうした危険な感動のうちに時を失いはしなかったであろう、かれはユダを刺殺したであろう、あるいは忠実な弟子たちにかこまれて逃れさったであろう」

読者は新しい崇高をめざしたアンリの考察を思い出していただけるだろうか。あのギーズ公が暗殺者に言ったという言葉、崇高でありながらコルネーユの「死ぬべきであったのだ」やメデの「私が」がうみだす「軽い戦慄」とは正反対の感情とはなにか。それこそがこの天上的な「優しさ」ではないか。英語の tender にあたるフランス語の tendre(柔らかい、優しい)、そこから派生する attendrissement(感動、硬い心がほぐれる、情にほだされる)という訳しにくい語をどれだけ実感をもって理解するかは、読者におまかせするほかはない。

『イタリア絵画史』でレオナルド・ダ・ヴィンチとならんで論じられているのはミケランジェロ、とくにシスティナ礼拝堂の『最後の審判』である。そしてスタンダールは後に彼の本領といわれる情熱礼賛をはっきりと表明しながら、「極端に走った不愉快な力」（第一五六章）に対しては批判的である。『イタリア絵画史』の最後の一節（第一八四章）は、誤解の余地のない明白さでスタンダールの立場を表明している。

「エネルギーへの渇望は私たちを再びミケランジェロの傑作へとみちびくであろう。私は彼が肉体のエネルギーをしめしたことは認めるが、それは私たちの間では、ほとんど常に精神のエネルギーとは相入れないものである。そうは言うものの、私たちはまだ現代美には達していない（……）

筋骨隆隆たる力士の力は感情の火を遠ざける。しかし絵画は魂を表現するために肉体をしかもたないから、私たちはミケランジェロを崇拝するであろうが、それは肉体的な力を完全に免除された情熱の力が私たちにあたえられるようになるまでである。

私たちは長いあいだ待たねばならない。なぜならば新しい一五世紀はありえないからであり、またありえたとしても、ミケランジェロには、つねに見るもおぞましい、恐怖をあたえる性格がのこるであろうからである」（傍点筆者）

スタンダールがのちに生みだす青年像、『赤と黒』のジュリヤンや『パルムの僧院』のファブリスが、どれほどの優男で、肉体的な力と無縁であり精神のエネルギーに満ちているかは、つけくわえる必要もないであろう。『イタリア絵画史』の第一一九章は、「近代の理想について」六つの長所を選んでいる。

1　極度に活発なエスプリ
2　顔だちに多くの優美さ
3　情熱の暗い炎ではなく才知の閃《ひらめ》きに輝く眼。魂の動きの最も激しい動きは眼にあり、これは彫刻には手がとどかない。近代の眼は、ゆえに非常に大きくなるであろう。
4　多くの快活さ
5　感受性の基調
6　すらりとした体形、そして特に青春の軽快な風貌

このなかにのちのジュリヤンやファブリスの姿があることは当然であるが、すでに『ルテリエ』のシャペルがいることに注目しよう。

崇高化の副産物として現われてくる「見るもおぞましいもの」「恐怖をあたえるもの」は、絶対に避けねばならないことをスタンダールは知っていた。『ルテリエ』のメモがしめすように「それが現われればすべて駄目になる」からである。

最後に指摘しよう。「肉体的な力を完全に免除された情熱の力」が「魂を表現するために肉体をしかもたない」絵画や彫刻にとってあつかいにくい対象であるなら、それは舞台上の現実の登場人物によってしか魂を表現できない演劇よりも、読者の想像力へ働きかけることができる小説において、はるかに容易であるはずである。近代の理想美は小説によってしか表現できないと言ってよかろう。

Ⅳ 「小説」へのあゆみ

政治諷刺の二作品

パンフレとしての『イタリア絵画史』 崇高と優しさを追及して新しい美学を確立しようとした『イタリア絵画史』は、じつはその毒にも薬にもならないタイトルの下に、スタンダールの別の一面、彼の戯曲習作とくに『ルテリエ』で顕著であった鋭い政治批判をかくしている。政治批判の文章をフランス語ではパンフレという。日本語でいうパンフレットとは違う。その意味でお読みいただきたい。

『イタリア絵画史』の著者はM・B・A・A・という頭文字で表わされている。すなわち Monsieur Beyle Ancien Auditeur 旧国務院出仕心得ベール氏という、ベールの本名と前歴をそのまま出したものであり、当時見る人が見れば一目瞭然の頭文字であった。『イタリア絵画史』第二〇章『マサッチオ』で、デッサン、色彩、明暗、遠近図法などに対して最も重要である「表現」を対比しながら、ベールは次のように書く。

「表現によって、絵画は、偉人たちの心中の最も偉大なものと結びつく。『ジャッファにてペスト病兵に手をふれるナポレオン』」

これは現在ルーヴル美術館にあるグロの絵についての発言であるが、この一節の原註は著者の立場をはっきりと宣言している。

「美術に託して他事を語ると言われるであろう。私は自分の思想をそのままコピーしてお見せするのだ、私は私の時代を生きたのだ、とお答えする。私はこれをただ絵としてあげるのであり、彼がその後彼らを毒殺させなかったと断言するものではない」

ナポレオン体制の崩壊が当時どれほどのことであったかは、現在、とくに異邦人の私たちには想像しにくい。一八一五年二月二六日、ナポレオンはエルバ島を出発、三月一日ジュアン湾に上陸、グルノーブルを経て三月二〇日パリに入った。百日天下の開始である。六月一八日ワーテルローの戦、六月二二日ナポレオン二度目の退位、七月三日パリ降服、七月八日ルイ一八世パリ帰還、第二王政復古開始、七月一五日、アメリカ亡命を考えてロシュフォール港に達したナポレオン、英艦に投降。七〜九月、白色テロ。八月七日、ナポレオン、セント－ヘレナへ。八月一四〜二二日、極右王党派選挙に大勝、「王よりも王党的」な「またと見出しがたい議会」出現。九月二六日、ヨーロッパ保守連合「神聖同盟」結成、一〇月一三日、前ナポリ王ミュラ逮捕銃殺。一〇月一六日ナポレオン、セント－ヘレナ着。一一月二〇日、第二次パリ条約、列国はフランスに一七八九年の国境にもどることと五年間の北仏駐留、七億フランの賠償金を要求。一二月一七日ナポレオン軍のネー元帥反逆罪に問われて銃殺。

スタンダールはイタリアにいた。しかしこうしたフランスの情勢に無関心ではありえない。『イタリア絵画史』には無数の批判がちりばめられている。例えば歴史的記述のなかにとつぜん次のような考察がはめこまれる。

「かくして後世は私たちに専制主義を憎みすぎたと非難するであろう。後世は私たちのようにこの十数年の安逸を感じなかったがゆえである」

そして思いがけぬところにナポレオンについて、それとわかる言及があり、あのモスクワ大火の記述まである（第九六章）。

「スモレンスク、ジャトスク、モスクワから全住民が四八時間で退去したことは、この世紀の最も驚嘆すべき精神的事実である。私はロストプチン伯爵の別荘、散乱した彼の蔵書、令嬢たちの原稿のあいだを徘徊《はいかい》したが、少なくとも私は敬意を禁じえなかった。私はブルートゥスやローマ人にふさわしい行動を見た。その偉大さにおいて、まさにこの行動の対象であった人物の天才にふさわしい行動であった」

パリで出版社との交渉にあたっていたクロゼは原稿が着くたびに閉口した。これでは「ちくりと刺すどころか、がぶりと喰いつくことになる」からである。

『イタリア絵画史』でベールは新しい道にふみこむことになった。エクリチュール（書く行為）のなかに時事問題を移入する手法であり、これは『赤と黒』や『パルムの僧院』の書き方を予告している。小説のなかにとつぜん作者が顔をだす「作者介入」の手法も、おなじ起源をもつと言えよう。

『イタリア絵画史』の扉には《*To the happy few*》（数すくない幸福な人々へ）という献辞がある。この献辞はやがて『ローマ、ナポリ、フィレンツェ』『赤と黒』『パルムの僧院』にも用いられる。この言葉は虚心坦懐に聞きたい。『イタリア絵画史』はスタンダールにとって決して軽い作品ではなかったのである。

『一八一七年のローマ、ナポリ、フィレンツェ』　『イタリア絵画史』が単なる美術書であったら、ベールは次の仕事を急がなかったはずだ。筆勢が衰えぬうちに、よりダイレクトな政治諷刺の作品が企画された。『一八一七年のローマ、ナポリ、フィレンツェ』である。この旅行記は事実上ベール自身の一八一一年の見聞からなる。たしかにこの種の著作に期待されるもの、旅の印象、モニュメント、美術館、劇場等々の解説、途中であった様々な出来事、逸話などは入っている。しかし作品の真意は別にあった。

「著者の感情の自然な発展をご覧いただくことになろう。まず著者は音楽をあつかうことを望んでいる。音楽は情熱の絵画だからである。彼はイタリア人の風俗を見、そこから風俗を生ましめた統治形態に移り、そこから一人の男のイタリアへの影響に移る」

あまりにもはっきりとした意図ではないか。これこそ皇帝ナポレオンの失脚後、大革命が払拭したはずの旧君主たちが、オーストリアという虎の威をかりて権力の座に返り咲いた、イタリアの政治地図を描こうとするものであった。「イタリア人が言うのも道理である。マレンゴの戦いは彼らの文明を一世紀前進させた。もうひとつの戦い（ワーテルロー）がそれを一世紀停止させたように」公刊戦記によれば一八〇〇年六月一四日、ナポレオンは北イタリア、ピエモンテのマレンゴで、オーストリア軍に大勝し、イタリアに大革命を、「軍靴をはいた大革命」を輸出した。ワーテルローの敗戦はイタリアに再び文明の停滞をもたらしたのである。

そしてこの強烈な政治諷刺の書に、はじめてスタンダールというペンネームが用いられた。著者は「騎兵将校ド・スタンダール氏」発売は一八一七年九月一三日、パリのドローネーおよびペリシエ書店から自費出版、五〇四部（四部は羊皮紙）一部四フランである。スタンダールというのはプロシア－ドイツの小さな町、ブラウンシュヴァイクとベルリンの間にあり、出身者で最も有名なのは美術史家ヴィンケルマン。アンリ・ベールはこの町の名 Stendal を、さらにドイツ語らしく見せるためか Stendhal と書いた。また当時、道楽者の代名詞であった騎兵将校という肩書を名のったのも筆禍への配慮である。ベルリン駐在で音楽狂の騎兵将校ド・スタンダール氏が短い休暇を利用してイタリアに遊び、イタリアの歌姫たちに魅せられるという趣向であり、最も危険な町ミラノがタイトルに入っていないのも当然の配慮である。本は検閲の眼をまぬかれて出版された。しかしこのような書物がオーストリア官憲の忌諱《きい》にふれないわけはない。イタリアでのスタンダールの足跡が現在くわしく判明しているのは、彼自身のメモにもよるが、彼を尾行していたオーストリア警察のおかげでもある。

なぜアンリ・ベールはナポレオンの百日天下に帰国しなかったのか。健康上の理由、アンジェラへの苦しい恋、いずれも真の理由ではない。彼はフランスとの絶縁を、自分の過去との絶縁を誓い、遠くからの観客であろうと決心していた。それはしかしノン・ポリに徹することではなかった。一八一五年七月一九日、パドヴァでパリ陥落を知り「すべては失われた、名誉までも」と記す。これはフランソワ一世が一五二五年、パヴィアで大敗して捕虜になったとき、姉のマルグリット・ド・ナヴァールに書き送った「すべては失われた、名誉以外は」という言葉のもじりである。七月二五日にはヴェネツィアのカフェ、フロリアンで読んだ新聞で、ルイ一八世の帰還を知った。パリを抵抗もせずに明け渡した連中と、ナポレオンを退位に追いこんだ両院を弾劾して彼は書く。「今後フランスでなされることは、すべてこ

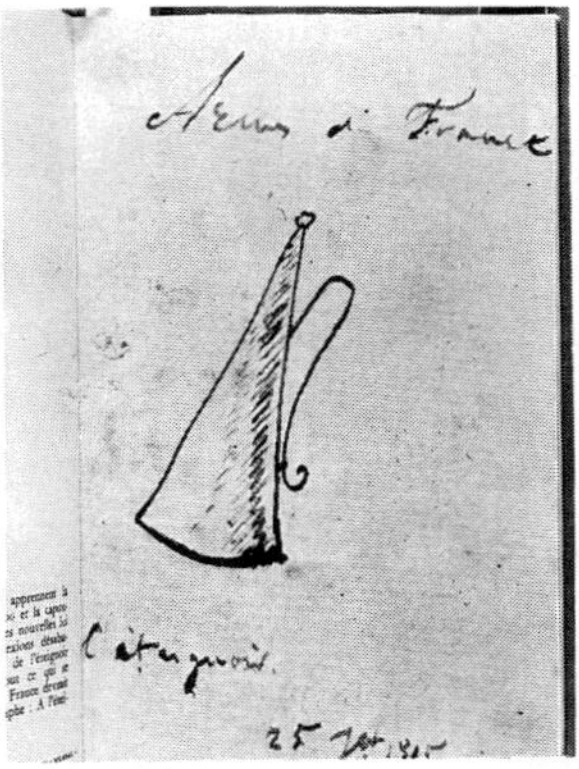

『蠟燭けし』のクロッキー
（『日記』）

の「さあ蠟燭けしへ！」という銘句をおびねばなるまい」この日また彼は、はじめて愛国心を感じたと記す。『ルテリエ』に『蠟燭けし』（世論を封殺するもの）の別名があたえられるのは一八一六年八月である。

『エディンバラ・リヴュー誌』の発見と『ナポレオン伝』

『エディンバラ・リヴュー誌』　一八一六年の四月五日から六月二〇日すぎまでスタンダールはグルノーブルにいた。一八一二年に父からゆずられた抵当に入ったままの家など、父の財産状態にメスをいれるためである。七月にはミラノに戻っていたが、彼のグルノーブル滞在中、この町で凄惨《せいさん》な事件が起った。「ディディエの反乱」といわれる騒擾《そうじょう》である。

ディディエはベールの祖父アンリ・ガニョンとともに大革命直前にグルノーブルの南郊ヴィジルで開かれた三部会の代議員であり、グルノーブルの弁護士であったボナパルト派。このジャン＝ポール・ディディエが、一八一六年五月四日から五日にかけての夜、武装した旧ナポレオン軍の将校、兵士、農民の一団を率い、皇帝万歳を叫び軍鼓を鳴らしてグルノーブルの町の奪取をはかった。ナポレオンの遺児ライヒシュタット公を奉じてイギリスの政治支配から脱せよという主張である。将軍ドナディユーは第七師団を率いてこれを制圧し、ディディエをふくむ首謀者三名は即決裁判、他の一七被告は軍事法廷によって死刑判決をうけ、執行された。

アンリ・ベールはこの事件に無関係だった。しかし事件は直ちにミラノに伝わり、ミラノの知人・愛国者・文学者たちの頭目ロドヴィコ・ディ・ブレーメ猊下《げいか》が情報を求めて、ミラノに戻ったベールを訪《おとな》う。ロドヴィコ・ディ・ブレーメはピエモンテの貴族の後裔、ナポレオンと結婚する前のジョゼフィーヌを母としナポレオンの義子となりイタリア副王となったウージェーヌ・ド・ボアルネ付きの司祭であった。ブレーメとスタンダールは意気投合する。こうして、アンジェラと別れてからますます孤独な生活をおくりつつあったベールは、とつぜんミラノの社交界にデビューし、ブレーメの自宅やスカラ座の桟敷で、モンティ、ベルシェ、ボルシエリ、エルメス・ヴィスコンティ侯爵、ポッロ、レイナ、コンファロニエーリなど、当時一人離れていたマンゾーニ以外のイタリアの主な文学者を知った。

ブレーメのスカラ座の桟敷には、ミラノを訪れる外国人、とくにイギリス人が姿を見せた。ナポレオンの大陸政策のため海峡をこえられなかったイギリス人たちは、ナポレオンの没落後、大挙して大陸の土をふんだ。やがて『わが獄中記』を書くことになるシルヴィオ・ペリコは、当時コペから帰ってきたブレーメについてこう述べている。「ブレーメはコペへの旅行後、知合いになった無数のイギリス人たちに殉教の苦しみを味わっています。彼らはこもごもやってきては、あるいは手紙で、彼に襲いかかるのです」　コペには当時スタール夫人がいて、ヨーロッパの知識階級に君臨していた。『ルテリエ』の重要なメモの一つ、あの「ロマンティックという名の優しい崇高」という記述は、一八一六年八月一二日の日付をもち、『コペからの手紙』というタイトルでまとめられた考察の一つである。一八一六年九月二八日、スタンダールはクロゼにあてて次のように書いた。

「世にも幸せな偶然によって、四、五人の *Englishmen of the first rank and understanding* と知合いになった。彼らには教えられた。そして、彼らのおかげで『エディンバラ・リヴュー誌』を読むようになった日は、私の精神史にとって一大エポック、しかし同時に大きな落胆のエポックともなるであろう。思っても見たまえ、『イタリア絵画史』の優れた思想のほとんどすべては、このいまいましい雑誌に開陳された一般的でより高度な思想の帰結なのだ」

そして同じ長い手紙の中で

「一言で言えば、二か月いらい私の思想のなかで革命が起っている。位階も頭脳も一流の七、八人の人々と知合いになった。自尊心の成功も経験した。私の長広舌も味わってもらった。これで、偉いと思う人たちに対してもっていた引っこみ思案も、とり除かれた」

さらに大きな出会いがあった。スタンダールは一八一六年一〇年一六日、スカラ座のブレーメの桟敷でイギリスの詩人バイロンを知った。バイロンは親交のあったケンブリッジ大学の同窓、急進改革派の政治家ホブハウスとともに一〇月一二日から一一月三日までミラノに滞在する。この間スタンダールはほとんど毎晩バイロンといっしょであった。ホブハウスは、後に『ナポレオン、バイロンおよび彼らと同時代の人々』として出版される回想録で、スタンダールから聞いたナポレオンのモスクワ遠征の逸話を細々と書きしるし、また「ベールが信頼に値する人物であると信ずる理由は多々ある。ブレーメも彼をそういう人間と考えている。しかし彼の物の言い方には酷薄なところがあると思う。どうみても物質主義者といった様子で、確かにそうだ」と書き残している。

『エディンバラ・リヴュー誌』の発見はスタンダールにとって大事件であった。なかでも彼の「精神史の一大エポック」となった記事は第四五号にジェフリがよせたバイロンの『海賊』と『アバイドスの花嫁』の書評である。人の心の深い認識と精力的な情熱の描写によってしか文学の復興は達せられない。この情熱の表現を害するものは捨てさらねばならぬ。まず第一にインスピレーションを弱め破壊する文学上の規則、いつわりの洗練、文体の誇張である。この書評は次の言葉で終っていた。「強い感動への、いやます渇きが、現世紀の真の性格として考えられる」これこそスタンダールの表看板ではないか。一八一七年ミラノでロマン派と古典派の論争が始まる。論争の舞台は古典派の機関誌『スペッタトーレ誌』と自由派の機関誌『ビブリオテーク・イストリック誌』、それにゲラルディーニによるA・W・シュレーゲルの『劇文学講義』のイタリア語訳、ロッシによるバイロンの『異端者』のイタリア語訳がからみ、一八一八年の一、二月頃からロマンティシスモという言葉が使われるようになった。数年後にフランスで、政治的意味が薄められて用いられることになるロマンティスムの類語である。スタンダールは一八一七年の初めから「熱烈なロマン派」になった。進んでいくつかの小論文を書く。一八一八年二月二二日の『自由なき文学とはなにか』その他二編だが、いずれも印刷されず利用されない。文学論争は人心が政治論争に傾くのをそらすから無害だという方針で放任政策をとっていたオーストリアの警察を、外国人の介入によって刺激することをミラノの文学者たちは嫌い、スタンダールもそれを了承したと考えられる。

一八一七年四月、スタンダールはグルノーブルにいた。妹ポーリーヌは、一八〇八年にフランソワ＝ペリエ・ラグランジュと結婚したが、夫が一八一六年末に病死し、その遺産相続の問題があった。五月から七月のパリ滞在は『イタリア絵画史』出版その他の用件のため。八月前半のロンドン滞在は、おそらくロンドンのシュルツ・アンド・ディーン印刷所から『一八一七年のローマ、ナポリ、フィレンツェ』仏語版第二版を出すためと、ジョン・マーリ書店から『ハイドン、モーツァルト、メタスターシオ伝』の英訳本を出す交渉と準備であった。一〇月と一一月はグルノーブルとポーリーヌの嫁ぎ先テュエラン、そして一一月二一日、ポーリーヌをつれてミラノに着いた。彼女のために部屋を借り、スカラ座の桟敷もとった。しかしポーリーヌは病気になり、翌年の四月にはグルノーブルに連れ帰らねばならなくなる。病気だけが理由ではない。この状況でポーリーヌが兄を頼りにして少々「牡蠣《かき》のようにひっついた」のは当然である。しかしアンリは最愛の妹とさえ近すぎる関係では生活できない、一切の束縛に耐えられない人間であった。

『ナポレオン伝』

ディディエ事件、王よりも王党的な「またと見出しがたい議会」、こういう政治的コンテクストのなかで一八一七年の六月、リヨンで飢饉のため暴徒が「ナポレオン二世万歳」を叫んで反乱、政府軍に制圧された。当時の極右王党派の政策とこの反乱弾圧がスタンダールに『ナポレオン伝』執筆の動機をあたえたと言われているが、発想はそれ以前にあった。『イタリア絵画史』の最終原稿を印刷所にわたした一八一七年五月三〇日には、すでに『エディンバラ・リヴュー誌』第五四号に掲載されたヴァールデンの『セント・ヘレナからの手紙』の書評の翻訳を終っていた。これが『ナポレオン伝』の出発点である。一八一七年に『ナポレオン伝』を書くということは純粋な文学的行為とはなりえない。政治に大きく「かかわりをもつ」ことになるであろう。

スタンダールには『イタリア絵画史』にランツィの絵画史が必要であったように『ナポレオン伝』にも資料が要る。それが『エディンバラ・リヴュー誌』であり、プラット神父の『ウィーン会議』その他であり、ホブハウスの『百日天下史』である。また資料ではなく刺激材料として「極めて巧妙に作られたナポレオン誹謗《ひぼう》の書」スタール夫人の『フランス革命主要事件考』の出版があり、彼女の論文についてスタンダールとシルヴィオ・ペリコの意見は対立し、スタンダールの論説はイタリア・ロマン派の機関誌『コンチリアトーレ誌』に掲載されない。結局『ナポレオン伝』は一八一八年八月一八日に放棄される。理由はこの作品自身の矛盾であった。スタンダールは客観的な史書を書こうとして出発し、あちこちから雑多な資料を集め、結果的には政治諷刺の色彩のこい文書となった。全部やりなおしてパンフレに徹するほかはなかったが、それでは出版後の危険が思いやられる。こうして『ナポレオン伝』は、『イタリア絵画史』と『一八一七年のローマ、ナポリ、フィレンツェ』の谷間に生れたまま放置された。二〇年後に書かれる『ナポレオン覚書』は、まったくちがう文章となるであろう。

なおこの年、極右王党派が、武力をもってする全閣僚および政府要人のヴァンセンヌへの投獄と、パリにおける列国王族会議にルイ一八世の憲章撤回を要求することによって、絶対君主制の復活を計画した。セーヌ河畔テュイルリーのテラスで謀議されたので「水辺の陰謀」とよばれた事件である。事件は六月に発覚し未然に防止されるが、この政治状況はやがて『赤と黒』のなかで利用されることになる。

『恋について』か『恋愛論』か

「大楽章の開始」

「三月四日、大楽章の開始」これは一八一八年、スタンダールがイタリアのロマン主義に共鳴して、いくつかの論説を書いていた頃のメモである。新たな恋のはじまりであった。その女性はマチルド・デンボウスキー、ミラノの裕福なブルジョワ、ヴィスコンチニ家の生れである。一七歳のとき二九歳年上のポーランドの貴族ジャン・デンボウスキーと結婚した。彼は結婚の二年前にイタリア国籍をとっていたが、一七九七年にフランス軍のポーランド軍団に入り、イタリア師団の参謀をへて一八〇九年にはナポレオンのスペイン遠征軍にくわわり、バルセロナの西八〇キロ、地中海岸の町タラゴナで捕虜の交換と開城の使節という大役を勤めた。一八一〇年には准将となってイタリアにもどり、一八一三年に予備役、一八一四年に現役に復してミラノ要塞司令官、ついでフェラーラの総督になったが、一八一五年以降は新しい軍の組織にくみこまれず、退官して一八二三年に歿した。

息子が二人ある仲だったが、デンボウスキー夫妻の間に不和はかなり早くきた。夫は浮気で嫉妬ぶかく粗暴だった。妻は才媛で、当時イタリア屈指の詩人フォスコロの捧げる恋に無関心ではなかったと伝えられている。彼女はついに別離をもとめてスイスに逃れた。とかくの次第でスタンダー

エロディアード（ルイーニ）

ルが初めて彼女に会ったころ、彼女は夫と別居してミラノにいた。一八一八年、スタンダールは三五歳、彼女は二八歳である。もの思いがちな重々しい顔だち、髪は二つにわけて面長な顔を取りまき、スタンダール自身の描写では「薄く繊細な唇、メランコリックで内気な大きな褐色の眼、この上なく美しい額の上に、この上なく美しい暗褐色の髪の毛が分れている」この顔だちにスタンダールはレオナルド・ダ・ヴィンチ（実はルイーニ）がエロディアードにあたえたロンバルディアの美の典型を見たのであった。

彼女はしかし内気な外貌の下に、高貴で気力にみちた「偉大な魂」を秘めていた。やがて一八二二年一二月、彼女はヴィスマラに運動資金を提供した嫌疑でオーストリア警察に逮捕され自宅に監禁されたが、毅然として答弁し、けっして同志の名を明さなかった。この同じ事件にかかわったイタリアの愛国者コンファロニエーリの妻テレサは、マチルドについて「すばらしい感受性のあらゆる美点と、最も崇高な行動を可能にする精力をあわせもった天使のような女性」と書き残している。スタンダールは好んで彼女をメチルドとよんだ。

スタンダールが恋に落ちたときのパターンは決っている。弱気のために愛する女性に声をかけることもできず、へまの限りをつくすのである。そのような彼の心にメチルドは気づき、感動し、ほとんどそれに応えようとしていた時に邪魔が入った。彼女の従姉トラヴェルシ夫人が、あれは単なるドン・ファンだと中傷した。メチルドははじめとりあわなかったが、やがて中傷は力を現わす。スタンダールは一八三二年、ローマでとつぜん書きはじめる不思議な自伝『エゴチスムの回想』に、次のように記している。

「ある晩、メチルドが友達のビニャーミ夫人のことを話してくれたことがあった。自分の方から、当時有名だった恋愛事件の話をしてくれてから、彼女はこうつけ加えた。「あの方の身にもなってごらんなさい、あの方の恋人は、毎晩あの方の家を出ると、その足で商売女のところへ行っていたのですって」

ところでミラノを離れたとたんに気がついたのだが、このお説教めいた文句はビニャーミ夫人の話とはまったく無関係で、私の行状に対する道徳的警告だったのである。

たしかに、そのころ私はメチルドを彼女の従姉トラヴェルシ夫人の家まで送ったのち（……）あのすばらしい美女カッセラ伯爵夫人の家へ寄って、その夜をしめくくることにしていた」

　メチルドには知る由もなかったが、スタンダールは他の女性に心を移さなかった。

「私は、これまで会ったなかでおそらく最も愛想のよいあの妙齢の女性（カッセラ夫人）の恋人になることを一度ことわったが、それはみな神の眼から見てメチルドに愛される資格を得るためだった。これと同じ気もち、同じ動機で、あの有名なヴィガーノをしりぞけたこともある」

　エレナ・ヴィガーノは後にあげる舞踊家・振付師サルヴァトーレ・ヴィガーノの娘、一流の歌手でピアニスト、当時二五歳の奔放な美人であった。

　メチルドは徹頭徹尾つめたかった。三月二九日、彼女を訪問して面会を謝絶され、次の日曜にしか会えぬと言われる。一二月二三日、「彼女を思うあまり仕事できず」一二月二七日「恋のために、まったく一冊も本が読めない」

下り坂の忍冬

　一八一九年五月一二日、メチルドはサン＝ミケレ教会付属学院に学ぶ息子たちに会うためにヴォルテラへ行った。斜塔で有名なピサで地中海に入るアルノ河に南からそそぐ支流エラ川の水源に近い切りたった岡の上に、ローマ以前のエトルリア時代に建てられ、中世の厚い城壁をめぐらした町。いまも訪れる人はほとんどない。スタンダールは緑色の眼鏡で変装して後を追う。愛する女性の近くにいるという実感がほしかったのである。ところが六月三日、ヴォルテラ到着の日、町で初めて出あった人がメチルドであった。彼女は不意をうたれ、怒り、足をはやめて立ちさる。彼はあわてふためいて城壁ぞいの展望台にむかった。そこからは次第に低く羊の背のように海までのびてゆく岡の連なりが見える。このまま帰るか、メチルドに面会をもとめるか。そこへメチルドが訪問先の家の主人と腕を組んで現われた。あたりさわりのない会話。その翌日メチルドからきた手紙は彼のデリカシーと慎みのなさを厳しく非難していた。六月一〇日、メチルドへの苦しい恋を思い、前年三月四日に彼女に会ったことを *The greatest event of his life.* と記した。「一〇日、四五分間 *with her*（……）四時四五分、喜びに酔い希望に我を忘れて辞去」この時の話の内容はわかっていない。そしておそらくはこのヴォルテラ出発の六月一一日、スタンダールの揺れる心は、小さな野の花に結晶するのである。『恋愛論』の重要な章『ヴェルテルとドン・ジュアン』の脚注に「ヴォルテラ、一八一九年、下り坂の忍冬」とあるが、この小さなメモは、メチルドへの想いに昂揚した視線がとらえた燦《きら》めくような野の花であり、その可憐な花に凝縮した一瞬の想いである。この記憶は一八〇〇年、一七歳のアンリ・ベールがイヴレアではじめてチマローザの『秘密の結婚』を聞いたとき、「カロリーヌを演じた女優は前歯が一本なかった」という記憶と同質である。「下り坂の忍冬」の花は、ヴォルテラの数日が彼にとってどれほどの緊張と密度の連続であったかを、メチルドに書き送った悲痛な弁明の手紙にもまして、永遠にとどめる映像であろう。

彼はメチルドが会いにくるのを空頼みにして、翌日から七月二二日までフィレンツェに滞在した。この間グルノーブルで終世息子に愛されることのなかった父シェリュバンが死んだ。彼は一八〇三年からグルノーブル市の助役をつとめ、第一王政復古のときはグルノーブルを訪れた王弟アルトワ伯からレジヨン・ドヌール勲三等シュヴァリエ級に叙せられ、ナポレオンの百日天下の間は退いていた助役の席に一八一五年七月に返り咲き、同年八月に市長のプラネリ・ド・ラヴァレットが国会議員となってからは、熱烈な王党派として事実上市長の役を勤めた。しかし知事や第七師団長ドナディユーと意見があわず、ディディエ事件の前に辞職していた。多くの事業に手をだして失敗し、家産を傾けてまで新しい街路を作る、そういう七二年の生涯が終ったのである。

八月五日ミラノ発、「悲しみの極みの旅立ち」というのは父の死を悼んでのメモではない。父は借金しか残さなかった。一〇月二三日、ミラノへもどった翌日メチルドに会う。「あれほどの苦しみと犠牲の後に *a cool réception*」一一月二五日「これは想像力だけで生きている恋だ」そして年末から恋についての考察をまとめはじめる。一二月二九日「淋病になったらしい」「女だけが私をマチルドへの思いからそらすことができる。女であって仕事ではない」翌年の九月二〇日『恋愛論』の着想を回想して「一八一九年一二月末 *First idea*」「一八一九年一二月二九日、*day of genius*」と記した。なおもメチルドへの思いに苦しみながら、一八二〇年九月二五日『恋愛論』の原稿をパリの友人マレストにあてて、フランスへ行くミラノの友人セヴェロリに托した。原稿はストラズブールの郵便局で迷子になり、ようやく二一年の一一月末にパリに着く。

この間スタンダールは、二一年六月七日、メチルドに訣別《けつべつ》してパリに向った。二〇年のはじめから彼がフランスのスパイではないかという噂がながれ、一〇月にシルヴィオ・ペリコが逮捕されてシュピールベルクの要塞監獄に送られるという情勢の中で、彼のミラノ滞在の危険は、すでに予断を許さなかった。『恋愛論』の原稿をパリで受けとったのは彼自身である。出版は一八二二年八月一七日、著者名は「『イタリア絵画史』および『ハイドン、モーツァルト、メタスターシオ伝』の著者」パリ、モンジー書店、二冊本、一〇〇〇部印刷。スタンダールが初めて出した自費出版でない書物である。モンジー書店は印刷費を回収した後にのみ著者に支払う約束をした。そしてこの本は売れなかった。出版の数か月後、本屋は著者にこう書く。

「ご著書はド・ポンピニャン氏の『旧約聖書詩篇』のたぐいで、どちらも聖別されているのです。だれも手をふれませんから」

ところがこの本はスタンダールの生前すでに稀覯《きこう》の書であった。ようようの思いで一部手にいれた女流劇作家アンスロ夫人がその苦労を語ったところ、スタンダールは「あの本はぜんぶ、バラストにするために、ある船に積みました。五年前から一冊もうれず、倉庫にかさばっていた本を始末できて、本屋はよろこびの極みです」と答えたという。

『恋愛論』（と訳しておく）はタイトルで売れる本である。『恋愛論』という日本語のタイトルは、悩み多い青年たちに、恋についての深遠な考察を期待させる。De l'Amour というフランス語のタイトルは、この本を読んだことのないフランス人に、なにか猥《わい》褻《せつ》な本だという印象をあたえる。アムールというフランス語はしばしば肉体的な意味に用いられるからであり、「恋をする」という日本語をそのままフランス語に逐語訳して faire l'amour とすれば、性行為をするという意味にしかならない。

しかし読者は、冒頭に情熱恋愛、趣味恋愛、虚栄恋愛、肉体恋愛などの分類があり、恋の各段階の分析があり、結晶作用というスタンダールの造語があり、女子教育論があり、ヴェルテルとドン・ジュアンの比較があり、ヨーロッパ各国の恋の比較検討があり、『ザルツブルグの小枝』や『エルネスチーヌ、あるいは恋の誕生』という挿話があり、多くの断章もあるということを知る。そして改めて本の真意を自問する。艶本を期待していた人は、これは哲学論文だと思い落胆する。哲学者から見ればこれほど穴だらけな仕事はない。多くの研究者が諸説をたてた。しかしこの本の理解は、スタンダールが意図的にあたえ、これまで論争の対象となってきた上部構造を剝《は》ぎとるところから始まる。これは恋愛一般を論じたものではない。スタンダールが自分自身の恋を、ただ一人メチルドを読者に想定して書いたものである。それではメチルドになにを言い、なにを彼女から期待するのか。

論文か日記か

メチルドは一歩も彼を寄せつけなかった。この本が彼女の態度を変えさせる可能性はなかった。

それに出版までには時間がかかり、著者はすでにミラノを離れ、決定的にフランスに戻っている。メチルドへの効果はない。けっきょくこれはメチルドの方が彼の情熱恋愛を理解しなかったのだというスタンダールの自己弁護か。『恋愛論』の第二九章を見よう。

「女というものは、主として、みごとに防御できるという自尊心に支えられているらしい。そして男は虚栄心から自分を手にいれようとしているのだと想像するらしい。けちな、なさけない考えである。ずいぶん多くの滑稽な立場によろこんでとびこんでいく情熱的な男に、虚栄心など思うひまがあるだろうか」

『恋愛論』は、だから評論でも理論書でもない。語られているのは著者自身で、いわば内面の記録であり、しかもそれが公刊された。この点で、いずれも死後出版となった『エゴチスムの回想』や『アンリ・ブリュラールの生涯』とちがい、『恋愛論』は生前に自分の心を暴露して、読者の前で自らに自己認識を課した仕事であったと言える。それはスタンダールにおける自己の問題、エゴチスムの問題そのものである。『恋愛論』という日本語訳に多々問題があることが、これでわかる。

マルチ・ジャーナリスト

パリでの交友

スタンダールが「この狭いパリ」に帰ったのは一八二一年六月二一日。一八一九年にも泊ったオテル・ド・ブリュッセル（リシュリュー街、現在の四三番地）に投宿した。日本人観光客ならご存じのオペラ座前から南々東へさがる広いオペラ通り、その南端のコメディー・フランセーズ前の広場から北へ上る、国立図書館のある閑静な通りである。友人マレストが同じホテルにいる。マレストはグルノーブルの中央学校に在籍後、軍職とブザンソン市長秘書を経て当時警察・内務官僚であった。この年から一八三〇年の七月革命後、フランスの領事としてトリエステにむかうまでの生活は、やがて『エゴチスムの回想』で語られるが、とりあえず芳しからぬ逸話をひとつ紹介しておく。スタンダールの落ちこみようの酷さを見て、マレストをはじめ友人たちは彼にパリ屈指の娼婦をとりもった。髪の色を別にすればティツィアーノの描く『ウルビノのヴィーナス』そのものといわれた美形である。ところがメチルドへの思いにとりつかれたスタンダールは、この美女を前にして不首尾に終り、しばらくは不名誉な噂を甘受しなければならなかった。

スタンダールは一〇月一九日から一一月二一日までロンドンに滞在してシェークスピア劇を見、

一一月二四日にパリにもどった。一八二二年には同じリシュリュー街、現在の六一番地のオテル・デ・リロワに移る。このホテルにはミラノ生れでイタリア座のオペラ歌手、パスタ夫人が住んでいた。彼にとって彼女のサロンは、パリでミラノとメチルドにつながる唯一の場所であった。

こうしてパリでの生活が始まる。一八二二年からイギリスの雑誌『パリス・マンスリー・リヴュー誌』『ニュー・マンスリー・マガジン誌』『ロンドン・マガジン誌』等に書評の寄稿をはじめる。『一八一七年のローマ・ナポリ・フィレンツェ』英訳本の出版者コルバーンとの契約で、寄稿料は一八二七年まで年額二〇〇リーブル・スターリング、これで従来の年収一六〇〇フランに加えて年収九〇〇〇から一万フランになり、パリで気のきいた社交生活が可能になった。シャルル・ノディエを中心としてロマン派の精鋭を集めたアルスナルの文芸サロン、若きユゴーの拠点セナークル、シャトーブリアンが出入りするレカミエ夫人のサロン、サン＝ジェルマンの貴族街には足をむけなかったが、彼が華々しい話術で寵児となったのは、アンスロ夫人、カバニス夫人、トラシー夫人、画家ジェラール男爵、博物学者キュヴィエ、美術評論家ドレクリューズ等のサロンであり、これらのサロンで詩人ミュッセ、ラマルチーヌ、評論家サント・ブーヴ、反体制のシャンソン作家ベランジェ、哲学者クザン、画家ドラクロア、彫刻家ダヴィッド・ダンジェ、美術評論家ドレクリューズ、三人の歴史家レミュザ、ミニェ、チエール、セギュール伯、自由派のリーダー、バンジャマン・コンスタン、ラファイエット将軍、ギリシア学者でジャーナリストのポール＝ルイ・クーリエ、博物学者・探検家ヴィクトール・ジャクモン、小説家バルザック、メリメ、文学者ヴィオレ・

ル・デュック、物理学者アンペールの息子で文学者ジャン＝ジャック・アンペール、おなじく文学者デュヴェルジエ・ド・オーラーヌ、オランダ生れの画家アリー・シェフェル等々を知ることになる。

ミラノではスタンダールはスカラ座で音楽づけになっていた。彼はやがて『エゴチスムの回想』で書く。

『ロッシーニ伝』

「イタリアでは、私はオペラを熱愛していた。生涯のうちで最も甘美な瞬間は、文句なしに、すべて劇場の中ですごした時間である。スカラ座で幸福であった結果、私は一種の通になっていた」

彼は歌劇作曲家ロッシーニと舞踊家・舞踊教師・振付師サルヴァトーレ・ヴィガーノを評価していた。ヴィガーノは一八一二年からスカラ座のバレエ団長、スタンダールがアンジェラといっしょにスカラ座で彼の『プロメテウス』を見たのは一八一三年一〇月、ロッシーニとはミラノで一八一九年の一二月頃に知った。メチルドへの恋を「これはただ想像力だけで生きている恋だ」とメモした頃である。一二月二一日のマレストへの手紙には「毎晩ロッシーニとモンティといっしょに過している」とある。ロッシーニはすでにヴェネツィアで一八一三年に『タンクレディ』を、一八一六年にローマで『セビーリャの理髪師』を上演して、イタリア独特の美しい旋律、たくみな管弦楽法、大胆な転調、明るい感情の描写にすぐれていた。『恋愛論』にもロッシーニとおぼしい人物が登場する。

オペラ・ブッファを好んだスタンダールは、ロッシーニの華やかな、パチパチと跳ねるような音楽を愛したが、皮肉な批評もないわけではない。『セビーリャの理髪師』についてこう言っている。

「チマローザのオペラを四つ、パイジェッロのオペラを二つ、ベートーヴェンのシンフォニーを一ついっしょに茹《ゆ》でて、それを全部早い調子で、八分音符と、三二分音符をたくさんつけると『理髪師』ができあがる」

おりしもパリでは、パスタ夫人がイタリア座でロッシーニのオペラを演じていたが、保守的な観客は乗ってこない。むしろ上演妨害の気配さえある。スタンダールは、こうしたパリの聴衆の退嬰《たいえい》主義にペンをとって立ちあがった。『ロッシーニ伝』の出版は一八二三年一一月一五日、パリ、オーギュスト・ブーラン書店、二冊本、一〇フランである。ヨーロッパではすべてが変ったのに、なぜパリの聴衆だけは旧態依然として古い趣味に恋々とするのか。これはもはや音楽評論ではなく、音楽の分野でのパンフレである。趣味は風俗によって条件づけられるのではないか、そして風俗はそれ自身政治の産物ではないのか。こうしてスタンダールがロッシーニにかこつけて主張したのは「新しい絵画」「新しい文学」と軌を一にすべき「新しい音楽」であった。

『ラシーヌとシェークスピア』　ロッシーニの名をシェークスピアにおきかえれば、その年に出版された『ラシーヌとシェークスピア（1）』が理解できる。「新しい文学」の主張である。ナポレオンが没落してから、フランスの歴史、ひいてはヨーロッパの歴史は、大きく逆コースをたどった。フランス革命の自由と平等の精神はナポレオンとともに全ヨーロッパに拡がったが、戦勝諸国が開いたウィーン会議は、革命前の状態が正統なのだという「正統主義」をはっきりとうちだす。会議の目的は全ヨーロッパの保守体制、いわゆる神聖同盟の樹立であり、列国にとってはフランスの封じこめが必要であり、フランスにとっては王制を復活してこの保守体制に加わることが利益であった。敗戦国フランスをこの保守体制の中心にすえたのは変幻自在の政治家タレランである。

保守勢力の反撃は文化の面でも著しかった。フランス文化の中核は文学であり、その背骨は古典悲劇である。古典悲劇への攻撃を甘受することはフランスの威信の失墜につながる。一八二二年七月三一日と八月二日、イギリスの俳優一座がパリのポルト＝サン＝マルタン座でシェークスピアの『オセロ』を上演し、フランスの文学的愛国心を刺激し観客は激昂した。イギリスと神聖同盟への反感である。八月二〇日から一〇月二五日までは、イギリスの俳優一座は、シャントレーヌ街の劇場で『オセロ』『ロメオとジュリエット』『リチャード三世』『ハムレット』およびオトウェー、コングリーヴ、シェリダンの喜劇数篇を少数の観客の前で演じた。若くしてシェークスピアに心酔し、フランス古典悲劇の盟主ラシーヌを弾劾していたスタンダールは、これを機として『ラシーヌとシェークスピア』を書き、フランス古典劇の金科玉条である「時と所の一致の規則」、一二音節の韻文台詞アレクサンドランを攻撃しつつシェークスピアを擁護し、「習俗と信仰の現状において国民に最大限の快楽をあたえうる文学作品を提供する術」をロマン主義と定義して、新しい文学を提唱した。『ラシーヌとシェークスピア』は一八二三年三月五日、パリのボサンジュ、ドローネー、モンジー三書店から発売、五五ページ、三〇〇部、自費出版である。

一八二三年七月末、ロマン派の最初の文学機関誌『ミューズ・フランセーズ誌』が創刊される。一八二四年一月、ギローが『われらが主義』を発表して古典の模倣を排する宣言をし、四月にはノディエが新しい文学の必要を説き、王政復古政府の文教政策を批判した。大学、アカデミー・フランセーズ、イエズス会は、このような「文学のプロテスタント」の動向に驚き、四月二四日、ルイ一八世の帰国記念日を期して、ルイ＝シモン・オージェが文学の伝統の名において反ロマン主義を宣言し、また八月一六日には「平服のイエズス会士」フレシヌーが、さらに強硬な反ロマン主義を提唱した。ロマン派はこれに対して九月一五日『グローブ誌』を創刊、ロマン主義は文学・芸術におけるプロテスタンティスムであり自由と検討の精神であると宣言する。スタンダールの『ラシーヌとシェークスピア（2）』は一八二五年三月一九日に出る。パリ、デュポン・ロレ書店、三〇〇部。古典派とロマン派の往復書簡集という形のこの第二部は、さらに戦闘的で、とくに序文はアカデミー・フランセーズへの挑戦状であった。

だれのための挑戦か。ユゴーを頭にいただくフランス・ロマン派のためではない。自ら信じる新しい演劇、ロマン主義喜劇『ルテリエ』とロマン主義悲劇、たとえば『エルバ島からの帰還』というタイトルが雄弁に物語るような優れて政治的な国民悲劇のためである。両者に共通するのは時事問題への鋭い関心であり、時事的なものを写実的な枠として、保守と革新の力関係を刻々にかわる状況のなかでとらえながら、そこにひとつの意味の世界を構築しようとする姿勢である。これは劇作家の立場か小説家のそれか。以上の説明が『赤と黒』の書き方を暗示しているとすれば、答えはおのずから明らかであろう。

『工業家に対する新しい陰謀』

一八二三年の一二月、社会主義者サン・シモン伯爵の『工業家提要』第一冊が刊行された。二四年には第二から第四冊。サン・シモンは一八二五年五月一九日に死ぬが、六月一日、サン・シモンの弟子アンファンタン、ロドリーグ、銀行家ラフィット、工業家テルノー、出版者ソートレなどが、サン・シモンが生前予告していた雑誌『生産者誌』発行のための合資会社を設立した。

サン・シモンの主張はすでに彼の主宰する雑誌『組織者誌』に一八一九年に発表した論文で明らかである。イギリスに二〇年遅れて始まったフランスの産業革命と急速な産業社会の発展をどのように組織し、労働者をふくむ全生産者階層の幸福をもたらすかが問題であった。

サン・シモンの立論は意表をついた仮定から始まる。もしフランスが一流の物理学者、化学者、生理学者、銀行家、製鉄業者を夫々五〇人、貿易商二〇〇人、農業家六〇〇人等々の「生産者」を失ったら、壊滅的な打撃をうけるであろう。これに対して、王家、貴族、大臣、評議官、将軍、枢機卿、知事、各省官僚、裁判官、および有閑富裕階級一〇万人を失っても、国家にとって損失はない。科学者、工業家、銀行家、貿易商、労働者等が生産者、広い意味の工業家であり、彼らが経済力を掌握している。政治権力も彼らに属すべきである。議会は発明院、検討院、実施院の三院制、未来の政治体制はすべて、富と所有の源泉である産業優先であらねばならない。

スタンダールは敏感にも今日の消費社会の到来を見ぬき、資本と政治権力が結びつく危険を予見し、彼自身のいう「考える階級」、知識人を、諸階級間の審判者として位置せしめようとした。

「工業家は、担保をとった後でどこかの政府にかした金で、当面この政府の力を増大している。しかし彼らはこの力がどの方向にむけられるかは、ほとんど全く気にかけない。かりに運悪くアメリカ合衆国にナポレオンとかクロムウェルのような野心家の大統領がでてきたとする。この男は（……）信用を利用して四億の金をかり、この金で世論を買収し、自分を終身大統領に任命させるだろう。ところで、国債の利子がちゃんと支払われれば、現代史はわれわれに教えるにやぶさかではないが、工業家は為政者にこうした金を貸し続けるであろう、すなわち大統領がどの方向に力を行使するかなどは気に病まずに、彼の力を増大し続けるであろう」

当時、これは慧眼《けいがん》という他はない。

灼熱の恋と天使の恋

灼熱の恋　第一の美女
クレマンチーヌ

一八一四年に時間をもどす。パリ陥落の直前である。年頭から連合軍はセーヌ河の三つの支流、オワーズ、マルヌ、オーブの谷をつたってパリにむけて進軍する。クロゼはオーブの流れにのぞむ町プランシー‐シュル‐オーブで土木技師として働いている。三月二〇日と二一日、そこからわずか一五キロのアルシ‐シュル‐オーブで戦闘がある。スタンダールはドフィネ地方防備軍編成の仕事を終えてパリへ向う途中、おそらくはクロゼを訪れる前、三月二二日の朝六時に、戦場の北西六〇キロのバール‐シュル‐オーブにブーニョ伯の邸を訪れて戦況を聞いた。ブーニョ伯は大革命時代の立法議会議員、執政政府下のルアンの知事、ナポレオンの下でウェストファリア公国の財務長官、一八一四年五月には警視総監になる。彼のもとに提出されたスタンダール自筆の警察の調書をご記憶であろうか。時ならぬ訪問に応じて現われたのはブーニョ伯爵夫人と当時二六歳の娘クレマンチーヌ。彼女はすでに二〇歳でキュリアル伯爵と結婚していた。スタンダールはこの早朝の訪問に素足のまま現われた彼女

クレマンチーヌ・キュリアル伯爵夫人

に強い印象をうけた。そのクレマンチーヌが一八二四年五月二二日、自らスタンダールを訪れて、彼をメチルドへの想いから癒す。彼女は三六歳、スタンダールは四一歳である。

彼は肥っていた。身長一六五センチで体重は二〇〇ポンド（約九一キロ）。しかも太鼓腹だった。食事ごとにのむシャンパン一本の結果でもあろうが、肥満を気にしていた様子はない。しかも三人の美女が彼の行く手と交差するのはこの時期である。クレマンチーヌは二年前からスタンダールの才気にひかれ、彼の方でも意識はしたが、メチルドの経験から控えめな態度をでない。クレマンチーヌは焦れて仕かける。半端なことは嫌いな火のような性格だった。スタンダールは、はじめて情熱恋愛で愛される経験をした。王政復古政府の政策はすでに述べた。ナポレオンなきあとのヨーロッパ保守体制のなかで主導権をにぎろうとしたフランスは、すでに一八二二年にはスペインに出兵して革命運動を弾圧し専制政治を復活させた。立役者は外務大臣シャトーブリアンで、クレマンチーヌの夫キュリアル伯はスペインに出征中であった。

パリの北八二キロにコンピエーニュという町と、同名の美しい大きな森がある。その森にちかいモンシー＝ユミエールにはキュリアル家の城館がある。スタンダールは一八二三年にもこの館の客となったが、このたびは人目をしのぶ滞在である。一八二四年の七月には、この館やその近くで、二人の熱烈な逢瀬が続いた。あるときは彼が城館の地下に三日間ひそみ、彼女が食事を運ぶという恋であった。

この仲は一八二六年までの二年間、嵐の激しさと悪夢の執拗さで二人の心を切りきざんだ。クレマンチーヌは書く。

「また書かせて頂きます。被害妄想だとお叫びになるだろうし、それもごもっともです。あなたの恥ずべきやりかたから考えれば、私も自分の中に十分な威厳を見いだして、あなたゆえの私の苦痛を進んであなたに喜ばせておかぬようにすべきなのでしょう」

「土曜日の短いお手紙は、あなたの奇麗な手が私の老いた体の上を移りゆくときに似た身震いを感じさせました。もっとこんな気もちにさせてくださるべきだったのに」

スタンダールは書く。

「私のことはすこしも心配しないように。私は熱烈にきみを愛している（……）きみがきっと木曜、金曜、土曜に悲しかっただろうと思うと、私は悲しい（……）私のいまいましい変った性格が、きみに私の情愛について、誤った考えをあたえたとは！」

結局はクレマンチーヌが彼をすてた。夫の司令部の一人の大尉が彼女の心をとらえたのだ。一八二六年六月二七日「彼の生涯の最も痛切な不幸、サン‐レモに雷雨」サン‐レモ（San-Remo）というのはスタンダールの暗号でノルマンディーの町サン‐トメール Saint-Omer の書きかえである。クレマンチーヌは司令官として赴任中の夫と同地にいた。スタンダールはイギリスに渡る。そして二人の関係は終った。

天使の恋『アルマンス』

すでに何度かこの問題には触れたが、ナポレオンの没落後、フランスはタレランの暗躍で大国としての面子を保ちながら王制を復活し、全ヨーロッパ保守体制のなかで昔日の栄光をとりもどそうとした。革命で処刑されたルイ一六世の弟プロヴァンス伯がルイ一八世として即位する。革命中に病死したルイ一六世の子ルイ一七世を王統に加えるという意味であり、まさに正統王朝の復活であった。もちろん旧制度の復活は不可能であり、イギリス流の立憲王制以外に手はなかった。それを明文化したのが一八一四年の「フランス憲章」である。議会は二院制、上院は国王の任命による終身制、下院は財産による制限選挙制である。ルイ一八世は老い、疲れ、平穏な治世を望んでいた。しかし王弟のアルトワ伯（のちのシャルル一〇世）や貴族、僧侶は強力な反動攻勢を展開する。亡命貴族も帰国して地位と財産をとりもどそうとする。これに対抗するのが上層ブルジョワジーや自由主義的貴族を代表する憲章派で、ルイ一八世の与党である。野党はオルレアン公ルイ・フィリップを王位につけようとするオルレアン派、政治から除外された中小ブルジョワ、ナポレオン派の軍人や農民、学生、労働者。ディディエ事件はこういう情勢のなかで起った。一八二〇年、アルトワ伯の嫡子でブルボン王朝の後継者ベリ公爵の暗殺を機に、極右王党派は激しい攻勢にでる。一八二四年、ルイ一八世の死後、アルトワ伯がシャルル一〇世として王位につく、彼は極右王党のヴィレールやポリニャクを首相にして、次々と反動政策をうちだす。不敬罪や長子権を復活しよう、革命中の亡命貴族に国庫から一〇億フランの賠償金をだそう、革命で土地を取られた地主には土地購入資金として国債を発行しよう。こうして貴族はふたたび政治権力を握ろうとし、フランスはさらに判然と右に傾く。クレマンチーヌの夫キュリアル伯が、スペインに出兵して革命運動を弾圧したフランス王政復古政府の軍人であったことはすでに述べた。もちろん国際政治の常として、自国の利益のためには革命運動の支援もする。一八二六年、ギリシアはトルコに対して独立戦争を戦っている。フランスはイギリスとともにこの独立戦争を援助したが、これもギリシアをたすけてバルカン半島に勢力をのばそうとするロシアの南進をふせぐためであった。ちなみにスタンダールの知友バイロンは、ギリシア独立軍に参加するためミソロンギに上陸したが熱病にかかり、同地で一八二四年四月一九日に歿した。

この長い前おきが、スタンダールがはじめて書いた小説『アルマンス』の副題「一八二七年におけるパリのあるサロン風景」が示唆している背景である。ところがこの副題はスタンダールの意図とは無関係に出版社がつけた。読者の注意を引くためである。

オクターヴ・ド・マリヴェールは理工科学校を卒業したばかりの眉目秀麗な青年だが、異常なほど内向的で、時には狂気を疑わせる。彼は例の「亡命者の一〇億」のためとつぜん金持ちの身分になる。彼は従妹のアルマンス・ド・ゾヒロフに抱いている気もちが恋ではないかと思い始める。彼女はロシア人を父とする貧しい娘で、オクターヴを恋しているが、彼が財産をえてからは、金めあてと思われるのを恐れて心を閉ざす。彼は自分が財産をえたことで彼女に軽蔑されていると思い、その考えに耐えられない。彼女を恋していると告白したいが、一六歳の時から一生恋はしないと誓っているのでそれができない。しかしある事からピストルで決闘し、負傷して破傷風になり、死の予感の中で彼女に恋をうちあける。回復して、かえって彼の悩みはつのる。アルマンスの優しい問いにも「私は人でなしだ」としか答えられない。彼女にすべてを打ち明ける手紙を書き、それを二人の秘密の文通の場所、アンディィーの庭のオレンジの鉢の葉陰におこうとする。そこにアルマンスの手紙がある。それは二人の結婚に反対する伯父が専門の模写師に書かせた偽手紙で、女友達にあてた、自分は真に恋して結婚するのではないという告白であった。彼は死を決する。結婚契約書に、未亡人となった妻に最大限の自由を保証する条項を書き入れ、一〇日後に結婚し、出発の前夜、彼の腕の中で悦びに絶え入るばかりになった妻を残し、ギリシア独立戦争に加わって船出し、上陸を前にして船上で、自分の告白の手紙と例の偽手紙を妻に送り、服毒する。母のマリヴェール夫人とアルマンスは同じ修道院で尼となった。

一八二五年、スタール夫人やシャトーブリアンと親交のあった小説家デュラス夫人が、一種の実験小説として不可能な結婚のテーマを探った。第一は黒人の娘が白人の男性を恋するという『ウーリカ』、第二は平民の男性と貴族の女性との関係を描く『エドワール』、さらに第三は男の性的不能を主題にした『オリヴィエ』である。最後のものは印刷されず、原稿回覧の形で社交界の話題をさらう。多芸多才の文芸作家ラトゥーシュは匿名で『オリヴィエ』と題する小説を書き、ある雑誌に発表してデュラス夫人の作であるかのように紹介する。スタンダールもこの機をつかんだ。一八二六年一〇月一八日「一月三一日から二月八日まで『オリヴィエ』の仕事をした」とメモしている。当時『オリヴィエ』というタイトルはすべてを語る。『アルマンス』の発売は一八二七年八月一八日、著者匿名、三冊本九フラン、パリ、ユルバン・カネル書店、八〇〇部（あるいは一〇〇〇部）。現在この初版本は稀覯書中の最たるものと言われている。

作中には明示されていないが、スタンダールが性的不能をあつかったことは確かである。しかし問題は別のところにある。『アルマンス』は三一の章からなる。後の『赤と黒』もそうだが、各章の冒頭にその章の内容に関係する短い援用文（エピグラム）がある。それが付された章二七のうちシェークスピア（あるいはその部分的改作）が一一、バイロンが二、その他諸家一四という数字は見逃せない。スタンダールの戯曲習作とシェークスピアへの心酔を想起しよう。『アルマンス』は古典悲劇の要素をもつ、また『オセロ』を連想させる、たいへん戯曲的な小説なのである。

オクターヴとアルマンスは、この世の常の人ではない。オクターヴの母マリヴェール夫人は二人についてこう言っている。

「二人の天使が人間のなかへ追放されて、人の姿に身をかえねばならなかったとしたら、きっとあんなふうな目つきで、お互いに相手を確かめようと見つめあうでしょうに」

「あの、天が一瞬互いに近づけようとした優しい清純な魂」の場面を描いたラファエロの『聖家族』(『イタリア絵画史』)については後にのべる。そして『イタリア絵画史』から二〇年、『アルマンス』から一五年をへて、スタンダールの最高傑作『パルムの僧院』の一節は、ファブリスとクレリアのこの世のものならぬ恋のシーンで、同じ響きを伝えることになろう。

スタンダールは一八二六年一月三日、出版者ルヌアールに「現代風俗を二、三年前からありのままに描こうとした」と書く。彼がつけた『アルマンス』のサブタイトルは「一九世紀の逸話」であった。シャルル一〇世治下の諸問題は巨細にとらえられている。しかしそれは写実の枠であり手がかりである。内容はやがてスタンダールが好んで言う「美しい嘘」に他ならない。

『赤と黒』前夜

『ローマ、ナポリ、フィレンツェ』　『一八一七年のローマ、ナポリ、フィレンツェ』は、ほとんど同時にロンドンでもフランス語版がでた。同年一一月、この版について『エディンバラ・リヴュー誌』五七号は九ページにわたる書評をのせる。スタンダール自身最も高く評価していた雑誌である。その批評が厳しかった。「皮相、軽佻浮薄《けいちょうふはく》、無知な人間の粗雑な観察……」これは心外なことであった。身体を張った政治諷刺が軽佻浮薄とはなにごとであるか。スタンダールは直ちに改訂第二版をこころざす。タイトルは『一八一八年のイタリア』で、イタリアの風俗を洗いざらいレポートする試みだが、仕事はまもなく放棄され、一八二六年に新しい形で再生した。それが『ローマ、ナポリ、フィレンツェ』である。気くばりの跡が歴然と見られるガイドブックで、ド・スタンダール氏という筆名は残ったが騎兵士官という肩書は不用になった。著者はパリ在住のフランス人であり、オーストリア警察をおそれる必要はない。ミラノの叙述が最もくわしく、全体の三分の二をしめる。メチルドはすでにこの世にない。一八二五年五月一日、ミラノで三五歳で病歿した。スタンダールは手もとの『恋愛論』の一冊に *Death of the author* と記す。しかしすでに二、三年前から彼女の面影は薄れていた。「その夏には」とスタンダールは、やがて『エゴチスムの回想』に記すであろう。

「私もようやく多少現実的な考えに立ち戻りはじめていた。ぶっつづけに五時間も六時間もメチルドのことばかり考えるなどということも、もうなくなっていた。ただ目を覚ますときだけが依然として辛かった。どうかすると昼ごろまでベッドに入ったまま憂鬱を嚙みしめていることもあった」

一八二二年の夏に「ようやく精神上の健康をとりもどし」てからも『恋愛論』の清書はつらい仕事だった。「それはやっとふさがったばかりの傷跡に、荒々しく手をふれるようなものだった」その彼がミラノについて詳述できるようになったのである。

『ローマ、ナポリ、フィレンツェ』は一八二七年二月二四日に出た。パリ、ドローネー書店、二巻本、一二〇〇部印刷、スタンダールは二五部と一〇〇〇フランをえた。

『アンリ三世』　一八二一年から、小規模なイギリス、イタリア旅行をのぞいてスタンダールはパリにいた。ホテルは転々とかわったが、一八二七年七月二〇日にはパリを発ってイタリアにむかう。各地を旅して一二月三一日、ミラノに着いたが、オーストリア官憲は一二時間以内に退去を命じた。のちにミラノ警視総監は、ウィーンの警察庁長官に、このフランス人が有害きわまる『ローマ、ナポリ、フィレンツェ』および『イタリア絵画史』の著者で、イタリアの自由派と親しい危険人物であり、前任者たちがなぜこの男を放置していたか理解に苦しむという報告書を提出している。

一八二八年一月二九日、スタンダールはパリにもどり、リシュリュー街の現六九番地、オテル・ド・ヴァロワに投宿した。一八二八年から二九年にかけて、生活は苦しくなった。伝手をたよって就職運動をするが、はかばかしくない。

一八二八年三月一三日、スタンダールはとつぜん『アンリ三世』と題する歴史悲劇の第三幕を書きはじめ、八月一七日にペンをおく。この第三幕には明らかに属さない二枚の自筆原稿が後にベルギーで発見されただけで、その他の幕が書かれたかどうかは不明である。時は一五八八年、あのブロワでギーズ公が暗殺される年の五月、舞台はパリ。ルーヴル宮にたてこもるアンリ三世と、それと対峙して現在のバスチーユ付近に布陣するギーズ公との攻防である。技術上の問題は、このフランス史上「バリケードの日々」とよばれる王位争奪戦、すなわち五月九日から一二日までの四日間を、どうやって劇場での一幕という時間帯に入れるかということであった。両陣営を通じて舞台面は六つシークェンスに分れているが、その大半は夕方から夜である。外界の昼間の事件は使者や登場人物によって舞台上に報告され、夜の時間に吸収される。すべてが夜の相をおびる。読者はやがて、『赤と黒』や『カストロの尼』の主要シーンが夜であることに気づかれるであろう。それでも四日間という時間は長い。史劇である以上、始めと終りはごまかせない。だからしわ寄せは真中にきて、観客に「時間をやりすごさせる」個所が必要になる。そのとき、なんとギーズ公爵は「変装し、マンチ伯爵夫人のところへ行く」ギーズ公がスタンダールでありマンチ伯爵夫人がクレマンチーヌ・キュリアルであることは言うまでもない。そしてこれが、極度に緊迫した政権争奪戦のただなかに、ぽかりと空いた出口である。シェークスピア劇にある出口、『ルテリエ』の出口、「ロマンティックという名の優しい崇高」、シャペル（スタンダール自身）とサン＝マルタン夫人の駈落ちを思いだしていただけようか。

第二の美女アルベルト

アルベルト・ド・リュパンプレ

クレマンチーヌとの灼熱の恋が終ったのは一八二六年の八月である。スタンダールはこの年の末、あるいは一八二七年の一月早々、博物学者キュヴィエのサロンで、パリ駐在トスカナ公使ダニエッロ・ベルリンギエーリの姪というイタリア女性ジウリア・リニエリ・デ＝ロッキを知る。彼女は当時二六歳か二七歳、ベルリンギエーリは彼女を養女にのぞむ当時六六歳の独身者で彼女の亡母の恋人であった。一八二七年一月二七日のメモ「一八二六年八月二八日から一八二七年一月二七日まで、一三四日」これはクレマンチーヌと別れてからジウリアを知るまでの日数である。二月三日「ジウリアと仲なおり、この恋の本当の始まり」しかしこの恋は本格化するのに時間がかかり、その間一八二九年二月、アルベルト・ド・リュバンプレへの恋が始まる。彼女は当時二四歳か二五歳、一七歳でリュバンプレ男爵と結婚、母は画家ドラクロアの従妹で、彼女自身もドラクロアと親しく、ブルー街にすんでいたので、スタンダールは彼女をブルー（青）夫人、あるいはアジュール（紺碧）夫人とよび、また彼女のオカルト趣味からであろう、サンスクリットともよんだ。美女である以上に芸術家肌で神霊術にこった風変りな女性、現代の妖女キルケである。ドラクロアは後に、黒ビロードのドレスをまとい、赤のカシミアのショールを頭にまいた彼女の姿を思い出すであろう。

スタンダールは恋の戦術を展開した。まずアンスロ夫人に言いよることで、一八二九年六月二九日、アルベルトの愛をえた。例の「失敗」いらいの芳しくない噂は一掃された。しかし彼女の愛をつなぎとめるためにスタンダールは策に溺れた。愛していないふりをして八五日間南仏を旅行してパリにもどった時、彼女の恋人は友人マレストであった。

この南仏旅行の途次、九月下旬、グルノーブル滞在中か、グルノーブルからマルセーユへの途中、スタンダールは『ガゼット・デ・トリビュノー誌』（法廷新聞）でベルテ事件を読んだらしい。一八二七年七月二二日、グルノーブルの北々東七二キロ、ブラングの村の教会で、同地の青年、当時二四歳のアントワーヌ・ベルテが、ミサに列席中のミシュー・ド・ラ・トゥール夫人をピストルで撃った。八月二二日、ベルテは検事にあてて「ご心配なく。私は逃げたり、私を有罪にする喜びをあなたから奪ったりはしません」と書く。死刑判決は一八二七年一二月一五日、そして一二月二九日から三一日にかけて『ガゼット・デ・トリビュノー誌』はグルノーブル特報としてベルテ事件を詳報した。スタンダールは一〇月二五、二六日、マルセーユで「ジュリヤンを着想」というメモを残す。年末、従弟のロマン・コロンはスタンダールの机上に『ジュリヤン』というファイルを見た。『赤と黒』の原形である。ベルテの死刑は一八二八年二月二三日、グルノーブルのグルネット広場で執行された。

一方、一八二九年一月二一日、スペインとの国境ピレネー山中の町バニェール－ド－ビゴールで、当時二五歳の家具職人アドリヤン・ラファルグが情婦テレーズ・カスタデールを惨殺した。三月二一日、高ピレネ県重罪裁判所はラファルグに実刑五年、監察処分一〇年の判決を下した。この事件も三月から四月にかけて『クーリエ・デ・トリビュノー誌』と『ガゼット・デ・トリビュノー誌』に報道される。スタンダールは、『ローマ漫歩』の一八二八年一一月二三日の項に、この事件を資料によって詳細に報告し、次のように書いている。

「パリでは生命が疲弊している。自然さも無造作も、もはやない。時々刻々、まねるべきモデルを見つめていなければならず、それはダモクレスの剣のように、あなたの頭上に脅迫の姿を現わす。冬の終りにはランプに油が切れる。

パリは真の文明の途上にあるのか。ウィーン、ロンドン、ミラノ、ローマは、生活様式を改善することで、おなじ優雅に、おなじエネルギーの不在に到達するのか。

パリ社交界の上流階級はつねに変らず力強く感じる力を失いつつあるかに見えるが、他方、情熱は怖るべき力を小市民層のなかに発揮している。ラファルグ氏のように、よい教育をうけたが財産がないので働かねばならず、真の必要と戦っている青年たちである。

彼らは、働く必要のため、上流社会によって課せられた無数の小さな義務や、生命を減退させるこの社会の見方や感じ方から免れていて、意欲する力を保持している。なぜなら力強く感じるからである。おそらくは、あらゆる偉人は、今後ラファルグ氏の属する社会からでるであろう。ナポレオンは、かつて、同じ状況を併せもっていた。よい教育、燃えるような想像力、そして極度の貧困」

これは『赤と黒』の主人公ジュリアン・ソレルそのものである。

『ローマ漫歩』と、『ヴァニナ・ヴァニニ』

『ローマ漫歩』は一八二九年九月五日に出版された。八折本、上下二巻、ドローネー書店。一二三〇部印刷、印税一五〇〇フラン。そしてラファルグ事件の記述にも見られるように、これは見聞録の形ですべてを語るスタンダール独特のジャンルを確立した作品である。『イタリア絵画史』がそうだったように、この本もはじめはガイドブックとして企画された。スタンダールはこれを引き受け、一人称で語るのではなく、グループ旅行の一群を想定し、彼らの見聞、対話、議論を記録する手法をとった。しかもグループには女性がいて、楽しい学者ぶらない会話がつづく。モニュメントの説明があり、逸話の紹介があり、事件の報告がある。古代ローマの案内書としても、この本は現在も価値を失っていない。ラファルグ事件はこれらの事実の一つである。『ヴァニナ・ヴァニニ』と題されている短編小説も『ローマ漫歩』の一部として構想されたが、『ローマ漫歩』が厚くなりすぎるので一二月一三日『ルヴュ・ド・パリ誌』に発表された。「法王領において発見されし炭焼党最後の集まりの顚末《てんまつ》」という副題のとおり、イタリア年代記のひとつだが、時代が現代であるだけが他の中短編とは違っている。

一八二＊年のローマである。ヴァニナはヴァニニ公爵の一人娘で一九歳、漆黒の髪と燃える瞳をもった社交界の花形である。そしてオーストリアの支配に対してイタリアの独立をはかる愛国者、「炭焼き党員」でサン゠タンジェロの要塞から脱獄し負傷して父ヴァニニ公爵にかくまわれた二〇歳のピエトロ・ミッシリリと恋に落ちる。ピエトロはヴァニナへの愛と祖国愛との板ばさみになり、結社にもどり首領となる。ピエトロが祖国のために彼女を捨てたと見て、彼女は彼をとりもどすため、ピエトロ以外の党員を当局に密告する。ひとり逮捕を免れたピエトロは、その理由を疑われるのを潔しとせず、自首し、逮捕され、護送される。ヴァニナは従僕に変装して単身総督邸に潜入し、総督からピエトロの助命をかちとる。護送の途中、チッタ゠カステラナの獄内の礼拝堂で、全身を鎖にまかれたピエトロに彼女は会う。ピエトロは祖国に身を捧げる誓いをたて、彼女にすべてを忘れろと言う。彼女は密告を告白し、彼は彼女を「人でなし」と罵って去り、彼女は自失し、ローマに帰り、新聞は彼女が父親の望む結婚をしたと伝えた。

ヴァニナ・ヴァニニに『赤と黒』のマチルドを、ピエトロ・ミッシリリに『パルムの僧院』のファブリスを見ることは容易である。スタンダールの傑作シリーズの開始である。

V　崇高化された恋する人々

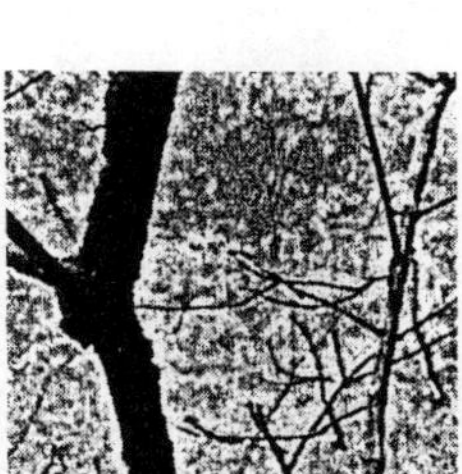

『赤と黒』「ロマンティックという名の優しい崇高」―5

主人公ジュリヤン・ソレルは、フランシュ‐コンテ地方の美しい町ヴェリエールの製材所の三男で、二人の大男の兄とは対照的な、弱々しい一八、九の小柄な青年、人一倍色白で、すらりとした体つきである。整ってはいないが品のある顔だちで、鷲鼻、大きな黒い目、生えぎわのひどく低い濃い栗色の髪が額を狭く見せ、怒ったときは顔を意地悪く見せる。小説は、この青年が、次々ともつ二人の女性とのかかわりで構成される。一人はヴェリエール町長夫人、優しいレーナル夫人であり、二人目はパリの大貴族、過激王党派ド・ラ・モール家の令嬢、気性の激しいマチルドである。小説は従って二部にわかれる。

二人のヒロイン

第一部はヴェリエール。ジュリヤンは幼時から優れた素質をしめし、町の司祭の教えをうけてラテン語に長じている。下層階級の青年は、ナポレオンの治世であれば赤（軍職）を望めたかもしれないが、王政復古の今では黒（聖職者）とならねば出世できない。彼は町長レーナル氏の子供たちの家庭教師として住みこむ機会をえて、野心と恋と打算と本能から、首尾よくレーナル夫人の愛をえる。召使の密告で解雇され、ブザンソンの神学校に入り、ここでは校長ピラール師に信頼され、推薦をえてパリの大貴族ド・ラ・モール侯爵の秘書となる。

第二部はパリである。侯爵令嬢マチルドは、誇り高く、ロマネスクで熱狂的で、パリの社交界の平板な空気に厭きあきしている。彼女はまもなくジュリヤンの特異さに好奇心を抱き、それが恋にかわる。一方、ド・ラ・モール侯爵は、ジュリヤンの抜群の記憶力を利用して、王党派の密書を暗記させ、使者としてマインツに派遣する。マチルドとの仲は、互いの自尊心の反発と牽引をないまぜにして進み、マチルドは妊娠し、ド・ラ・モール侯爵は激怒するが、ジュリヤンとの結婚をゆるし、彼に高い地位を約束する他はなく、ジュリヤンは貴族の称号と士官の辞令をうける。しかし侯爵の照会にこたえるレーナル夫人の手紙が着く。彼女の告解僧が原案を作り、彼女が書き写したジュリヤンの旧悪を暴く手紙である。彼はパリからヴェリエールへかけつけ、武具商でピストルを買い、装塡《そうてん》させ、教会に入り、ミサの席で背後からレーナル夫人を撃つ。二発のうちの一発が命中するが致命傷ではない。ジュリヤンは逮捕され、裁判にかけられ、処刑される。この間マチルドは助命運動に奔走するが、ジュリヤンは喜ばない。裁判では自分の罪を認め、自分が自分と同じ階級の人々によって裁かれていないだけに更に厳しく罰せられるであろうことを高言し、情状酌量の可能性を自らうばい、断頭台にのぼる。友人の材木商フーケは、ジュリヤンの遺体を手にいれ、一人で通夜をしているとマチルドが現われ、恋人の首を大理石のテーブルにのせて接吻する。彼女はこの愛した男を、彼が自分

『赤と黒』初版表紙

で選んだ墓場、彼が生前好んで夜をすごしたヴェリエールを見おろす大きな山の小さな洞窟に埋葬する。レーナル夫人は自ら生命をちじめはしなかったが、愛人の死の三日後にこの世をさる。

もうひとつの挿話

スタンダールは豊かな想像力のもち主ではない。とくに戯曲でも小説でも、筋を作ることには長じていない。彼にはつねに手がかりが、足場が、柱が、あるいは跳躍のための踏切台が必要であった。『赤と黒』第一部にとって、それはベルテ事件であり ラファルグ事件であった。第二部のためには一八三〇年一月にパリの上流社会でスキャンダルになった、ある貴族令嬢の駈落ち事件があった。スタンダールはメリメからの手紙で詳細を知る。シャルル一〇世の大臣ギヨーム・ド・ヌーヴィル男爵の姪マリ・ド・ヌーヴィル（当時一八歳）が、幼馴染みでメリメの知人であるエドワール・グラセ（当時二八歳）に肉体関係を強要し、むしろ彼を強姦し（グラセによれば彼女は処女で不感症であった）、グラセとロンドンに駈落ちする二日前に、彼女を誘拐したという手紙を彼女の父に書くようにグラセに要求する。しかし「このスキャンダルは結婚によってしかピリオドをうてないということがわかって、彼女は私たちがいっしょになることに賛成するでしょう」という一節を彼女が認めないため手紙は書かれず、駈落ちが行われ、しかも二週間後、彼女はグラセを捨ててパリにもどり、その後いっさい彼をかまいつけなかった。スタンダールは一八三一年一月一七日、マレストへの手紙でこう書いている。

「この結末（[『赤と黒』]）は、書きながらいいと思っていました。大好きな美少女メリ［マリ・ド・ヌーヴィル］の性格を眼前に思い浮かべていました。（……）モンモランシー家の若者たちと彼らの雌どもは、まったく意志の力を欠いているから、こういう優雅で影の薄い連中が相手では平板でない結末をつくることは不可能です。七月には一万の賤民が、ある理由のために戦ったが、モンモランシーは、ただの一人もいなかった！（……）この上流社会の気力の欠如を見たことが、私に例外を作らせたのです」

これ以外にも一八三〇年の多くの事件が作中に組みこまれている。また一八一四年の「水辺事件」が一八三〇年に移しかえられ、ジュリヤンがかかわる密書の件に下部構造を提供し、七月革命直前にフランスの反動勢力が抱いていた危機感を具現して、この小説を、まさに「一八三〇年年代記」という副題にふさわしいものにした。しかし速断してはならない。確かに『赤と黒』はフランス文学屈指の心理小説であり階級観念を世界で初めてもちこんだ小説であり写実主義の傑作であろう。忘れてはいけないのは、まさにこの小説を書き始めた頃、一八三〇年一月二二日、スタンダールがメモしている言葉である。

「自然を模倣せよと？　愚かなことを言うものよ。どの程度まで模倣するのだ？　演劇も絵画も美しい嘘に他ならぬではないか」

スタンダールは、具体的な、小さな事実に即して書く。しかしそれは彼が、一つの「意味の世界」を構築するための手がかりにすぎない。犯罪はどの瞬間に美しい嘘になりうるのか。それは犯罪が偶発的な相をもたず、犯罪者が恋や名誉から、彼自身の理念に従って行動をはじめる瞬間からである。彼は人の世の裁判をおそれない。その瞬間から彼は善悪を超越する。ジュリヤンは、スタンダールのメモによれば「若い地方青年、プルタルコスとナポレオンの弟子」である。野心と偽善も表面的なものにすぎない。単なる野心家であれば教会での殺人という手段に訴えるはずもなく、単なる偽善者であれば、彼を押しつぶそうとする社会に正面から戦いを挑むはずはない。なぜレーナル夫人を撃ったか。それは彼女がジュリヤンの恋を世俗の規範に引きおろし、二人だけの恋とジュリヤンが信じたものの尊厳を犯したからに他ならない。

ジュリヤンと真の恋

評判は散々だった。一八二五年に『デバ紙』でデビューした文芸評論家、小説家ジュル・ジャナンはジュリヤンを「人でなし」とよび、著者を「すべてを醜く描こうとし、より恐ろしく見せかけるために声を大きくしようとする、うちかちがたい欲求……逆説家」と評した。バルザックはこの小説を「しらけ派」の産物とし、メリメはこのような「人の心の見るも下劣な傷口」を遺憾とした。文学の節度に対する挑戦であり、暗い血まみれな崇高、「ミケランジェロ的な」崇高、許容の限界という評もあった。

私たちはスタンダールの崇高化の技法が「おぞましさ」の限界にまで登場人物の性格を展開する

ことを知った。崇高化とは登場人物に最高の知力と最高の情熱をあたえることであった。ジュリヤンほどこの定義にあてはまる人物はない。それでは彼は、当時の批評のように「おぞましさ」に隣りあう存在にはならなかったのか。作者の計算はどうであったか。

ジュリヤンが「崇高化」された人物であることに疑いはない。ところがこの長編小説のなかに崇高という語が、あまり出てこないことに読者は気づかれたであろうか。『パルムの僧院』にくらべれば、たしかに画面は狭く、暗い。しかしジュリヤンを「おぞましさ」から救っているのは、彼には打算という手段でしか手がとどかないが、手がとどいた瞬間に打算から昇華して天上的なものになる「まことの恋」の崇高さである。マチルドの「頭の恋」はジュリヤンとレーナル夫人が分かちもつ「まことの恋」と対比される。ある晩イタリア・オペラで聞いたチマローザの『秘密の結婚』第二幕の一節のおかげで「マチルドはその夜、いつもレーナル夫人がジュリヤンのことを思うときと同じような心境になれた」(第二部第一九章)のである。そして「ロマンティックという名の優しい崇高」は、まさにレーナル夫人が獄中のジュリヤンに会う二つの場面(第二部第四三章と第四五章)である。第四五章、すなわち最後の章の一節だけを引用しよう。ジュリヤンがレーナル夫人に「優しい陽気な気もちで」言う最後の言葉である。この「優しい陽気」が『イタリア絵画史』以来のスタンダールの新しい美学である。そしてこの美学がジュリヤンを「おぞましさ」から救うのである。

「むかし、ヴェルジーの森の中を散歩したころは、あれほど幸福になれたのに、はげしい野心にそそのかされて、私は空想の世界にひきずりこまれていた。この魅力ある腕は私の唇のすぐそばにあったのに、それを胸に押しあてようともせず、あなたを忘れて、将来のことを考えていた。莫大な財産をうちたてるために交えねばならない無数の闘いを考えなければならない立場だったのです(……)そうだ、もしあなたがこの牢獄へ会いにきてくれなかったら、私は幸福というものを知らずに死ぬところでした」

『赤と黒』第一部は、きたるべき政変が予想される騒然たる雰囲気のなかで書かれた。第二部は一八三〇年の七月革命と並行し、さまざまな具体的な小さな事実を自らの存在の証明として巻きこみながら書かれ、何日間かは印刷工がデモに参加したために校正刷も出なかった。政治小説といってもよい。共産党の作家アラゴンが言うように七月革命のための武器という評価もできよう。もちろん精緻《せいち》な恋愛心理小説であり、速い密度のたかい文体で書かれた、副題どおりの「一八三〇年年代記」(つまり現代史)であることにも異論はない。しかし批評とは、そういう枠を指摘して作品を理解し鑑賞したと言うことではなく、その枠に盛りこまれた意味を精査して読者に伝えることであろう。一八三〇年を描いたこの八七〇ページは、まことの恋を昇華させるための巨大な坩堝《るつぼ》を灼熱させる、壮絶な力技に他ならない。そのなかにできた生成物は、この小説の硬い外皮の下に、ついに読者に明示される「ロマンティックという名の優しい崇高」である。スタンダールは、この瞬間を描出するためにあらゆる機会をつかもうとする。『赤と黒』はその劇的なテストケースである。傑作か否か、現に評価は定まっているが、この場合も作者の予想は確かである。スタンダールは二〇歳の時も四〇歳のときも、ひたすら二〇世紀のために仕事をし、それを冷徹に意識しつづけた物書きであった。

チヴィタヴェッキア駐在フランス領事

第三の美女ジウリア・リニエリ　スタンダールが『ジュリヤン』(『赤と黒』のオリジナルタイトル)を書き始めたのは一八三〇年一月一七日である。このころ、二七年から停滞していたジウリア・リニエリへの恋は急激に進行していた。彼女が積極的だった。三〇年一月二三日、ジウリアはキュヴィエ邸からの帰途スタンダールを自分の馬車で送る。二七日、彼女(当時二九歳)は彼に求愛する。「なんと四七歳と四日で、若い女性が〝あなたを愛しています〟と言う」そして二月三日「あなたが醜くて年をとっていることは前から知っていました。そして *kissing him.*」七月二七日、七月革命の開始である。二九日の晩、スタンダールはジウリアを安心させるためにトスカナ公使邸つまりジウリアとベルリンギエーリの自宅に泊った。翌朝はじめて三色旗のひるがえるのを、フランス座の列柱の下から見た。

七月革命について詳しくは述べない。『アルマンス』の背景となった王政復古末期の政治情勢は長続きする性質のものではなかった。一八二九年、シャルル一〇世はウルトラの巨頭ポリニャクを首相にし、出版の自由を停止し、議会を解散し、選挙法を改正して選挙資格の基準を地租だけにおき、ブルジョワジーの有権者二五〇〇〇人をしめだすという勅令によってブルジョワジーに戦いを挑んだ。スタンダールは七月二八日の午後、リシュリュー街七一番地のホテルで、ラス・カズの『セント・ヘレナ日記』を読んでいた。そのページの欄外に書く。「このページを読みながら銃声の開始を聞く。あれを発射させているのはジェジュイットたちだ」

革命は成功し、貴族階級が擁したシャルル一〇世にかわって、フランス代議院の中心勢力である大資本家たちの後おしで、オルレアン公ルイ・フィリップが王位につく。そしてフランスは金融貴族の支配下に、「株屋の王」といわれたルイ・フィリップの「富み栄えよ」というスローガンをかかげて工業化への道を直進する。ラフィットの言うように「銀行家たちの支配」が始まったのである。これはスタンダールが『工業家に対する新しい陰謀』で告発した永遠の敵である。しかし当面の敵、彼もその一人である旧ナポレオン体制の官僚にとっての敵、王政復古の政権は倒れた。かえり咲きのチャンスである。八月三日、スタンダールは内務大臣ギゾーに面会して知事の職を乞うた。返事は否定的で、このことは『赤と黒』第二部第一三章「陰謀」の欄外にマーキングになって残っている。八月二五日には外相モレ伯にナポリ、ジェノヴァ、リヴォルノのいずれかの領事かローマ大使館一等書記官の職を乞う。モレ伯は好意的で、友人たちの推薦もあった。そして九月二五日、ヴェネツィア湾の奥、現在のイタリア‐ユーゴスラヴィア国境の町トリエステ駐在フランス領事に任命される。年俸はナポ

ジウリア・リニエリ・デ＝ロッキ

レオン金貨で一五〇〇〇フラン。スタンダールは文字どおり喜びの中を泳いだ。ドラクロア、サント・ブーヴをはじめ友人たちにトリエステへの来遊をすすめる。そして一一月六日、パリ出発の日、ベルリンギエーリにあてて手紙でジウリアへの求婚の意を伝えた。ベルリンギエーリは翌日婉曲な拒絶の手紙を書き、それをスタンダールは任地トリエステでうけとることになる。

フランス領事

この発令を、しかしオーストリアの宰相メッテルニヒは好まなかった。トリエステ到着までにもトラブルはあったが、それは略す。一一月二六日、任地で執務を開始するが、その四日後、ウィーンの警視総監は、ミラノ警察からの報告でベール氏とスタンダールが同一人物であることを確認し、領事認許状を拒否することに決定、スタンダールは一二月二四日、ウィーン駐在フランス大使からの手紙でそれを知った。一八三一年二月一一日、ルイ・フィリップはスタンダールをチヴィタヴェッキア駐在フランス領事に任命する。チヴィタヴェッキアはローマの西北西六〇キロ、チレニア海にのぞむ法王領の港町、平坦な海岸線上に貧弱な後背地をひかえた当時人口七四〇〇の町で、重苦しい城壁のまわりに漁師の部落があつまり、城壁のなかの要塞監獄には囚人一五〇〇人、肉屋が街頭で解体作業をし、内臓や血を足に鉄玉をつけた囚人たちが清掃していたという不潔な町。法王庁の港町としての重要な機能も囚人の労働に負っていた。スタンダールの在任中に、少なくとも二回コレラの流行がある。スタンダールは四月一七日に着く。サン＝フランチェスコ広場から港へおりる小道にあったオテル・ド・ラ・カンパラに投宿し、前任者との事務引継ぎもすんで執務を開始するが、法王庁もこの人選を好まず、ローマ駐在フランス大使サン＝トーレール伯の再度の要求で、ようやく四月二五日に領事認許状をだした。スタンダールは五月二日、カンポ－オルシノ広場一九番地の三階に移る。窓は六〇フィート下の港に面した、スタンダールの言う「燕の巣」で、とりえは見晴らしがいいというだけ。年俸は一万フラン、五〇〇〇フランのダウンであった。しかも部下は、前任者の頃からのギリシア人雇員リジマック・タヴェルニエ。スタンダールは前任者の忠告を無視してこの男を使った。オーストリア政府のために彼をスパイし、フランス政府には中傷し、しかも彼の金をぬすむというこの男に、彼はやがて散々に悩まされる。彼は一八四二年、休暇中にパリで倒れるが、任地を離れるときの常として、事務の渋滞をさけるため、署名した数枚の白紙を残していた。スタンダールの死を知ったタヴェルニエは、この白紙の処分方についてわざわざ忠義顔で外務大臣に照会状を書く、そういう男だったのである。

『**エゴチスムの回想**』

自己を知るということは一八三二年六月二〇日、スタンダールはローマで、とつぜん奇妙な自伝を書き始めた。幼年時代から書く普通の手順ではない。最も近い過去、一八二一年から三〇年までのパリ滞在が対象である。チヴィタヴェッキアでの生活があまりにも倦怠にみちていたからであろう。この倦怠が頂点に達していたと思われる一八三四年の手紙を二通さきに読もう。一〇月二八日、スタンダールはキュヴィエの義理の娘ソフィー・デュヴォーセルに書く。

「こうして、この孤独の岸で、生き、死んでゆかねばならないのでしょうか。それが怖い。その場合、私は倦怠と、自分の考えのコミュニケーション不在のために痴呆となって死ぬでしょう。なにも決して私の考えが立派だというのではありません。しかしありのままの私の考えでも、チヴィタヴェッキアじゅうが金を出しあってみても、いちばん単純な考えでさえ理解できないでしょう。どうして私は美食家かハンターでないのか！　どうして私は古美術愛好家ではないのか！　しかし私は「美しいもの」「稀なもの」を愛しているのです」

一一月一日、一八二一年からの友人であるナポリの弁護士でフランスに亡命したディ・フィオリ（『赤と黒』で「自国で死刑判決をうけた自由主義者」アルタミラ伯爵のモデル）への手紙ではこう書いている。

「退屈で死にそうです（……）パリで四〇〇〇フランの地位がほしいと思います（……）なんだって！　チヴィタヴェッキアで老いて行く！　たとえローマでさえ！　太陽はもうたっぷり見ました！（……）私には汽船に石炭がいるように、日に三、四立方フィートの新しい思想が必要です」

チヴィタヴェッキアには社交界がなかった。小貴族や有産階級の家庭はいくつかあって、招んだり招ばれたりしていたし、この町の領事様に、彼らの門戸は開かれていた。しかしパリ屈指の論客であったスタンダールに我慢のできるしろものではない。この「穴」を逃れて彼はしばしばローマに遊ぶ。しかし彼が痛惜の念をこめて懐かしんだのは、一八二一年から三〇年までのパリ滞在、音楽・絵画・演劇評論、書評、旅行記、政治諷刺の一流のジャーナリストとして、また小説家として八面六臂《はちめんろっぴ》の活躍をし、サロンでは座談の名手とうたわれた時期、しかも最初の数年間はメチルドへの思いに、ついでクレマンチーヌ・キュリアルとアルベルト・ド・リュバンプレへの恋に色こく彩られた時期、つまり仕事と精神と感情の面で彼が最も充実していた時期、アルプスの彼方においてきた、手をのばせばとどく過去、過去とは言え、まだ「失われてはいない時」であった。

『エゴチスムの回想』第一章はつぎのように始まる。

「この異国の土地での閑暇を利して、先ごろパリに遊んだとき、一八二一年六月二一日から一八三〇年一一月……にかけて身辺に起った出来事を、小さな回想録にまとめてみたいと思う。これは九年半の歳月にあたる」

そしてこのようなパラグラフで終る。

「恋に憑かれていたこの時分のことは、ほんとうにほとんど覚えていない（……）私の思いはミラノのベルジオヨーソ広場に飛んでいたのである。さて、以下では、当時私がよく訪れた家々のことを思いだすよう、考えをまとめてみることにしよう」

友人知人を列挙し、彼らの性格をスケッチし、思いだすままに、どんな歪曲もさけて挿話を書き綴って行くとき、要求されるのは「嘘をつかぬこと」であり「自分の過ちをかくさぬこと」、要するに「自分とはなにかを知ること」である。しかし「私は自分自身が何ものであるかを知らない。そしてそれは、時として、夜そんなことに思い到るとき、私を苦しめる。私は善良なのか、邪悪なのか、才人なのか、愚物なのか」そもそも人は自分自身を知りうるのか。「人は一切を知りうる、自分自身を除いては」しかしやはりこの目標にむかわざるをえない。「私は商売女になろうとする堅気の女のようなものだ。自分について語ることを唾棄する君子人としての羞恥をたえず克服しなければならない。この本は、しかしながら、自己を語ること以外では作られない」「たえず自分のことばかり語ることの破廉恥さ」は別としても、「いま書いていることは、ずいぶん退屈な話のような気がする。この調子で続ければ、これは本ではなく、内心の検討の記録になってしまうだろう」しかしともかく「嘘をつかぬよう、また自分の過誤をかくさぬようにするため、これらの思い出話は、手紙でも書くように、一回二〇ページずつ書くことを自分に課した」そして自問自答する。

「もしこの本が退屈なものなら、二年もすれば食料品店でバタの包み紙になるのが落ちだ。もし退屈でなければ、人は、エゴチスムは、しかし真摯《しんし》なものは、人間の心をえがく方法の一つであることを理解するであろう。人の心の知識において、一七二一年いらい我々は長足の進歩をとげた。私があれほど研究した偉人モンテスキューの『ペルシア人の手紙』の年である」

一八三二年七月四日、第一二章でスタンダールのペンは突然とまる。執筆開始から二週間、原稿枚数二七〇枚。「暑さで、一時半、考えがうかばなくなる」と、原稿には素っけなくメモしている。あまりにも近い過去の想起は、期待に反して、むしろ現在の倦怠を強く感じさせたのではないか。いずれにせよ、流れは地下にもぐったように消える。ふたたび湧きだすのは一八三五年、それが『アンリ・ブリュラールの生涯』である。

イタリア古文書と『リュシヤン・ルーヴェン』

公務と自由

フランスの七月革命後、政治情勢は波乱ぶくみだった。フランスでは、一八三一年二月一四日、パリの民衆が、ベリ公の追悼式がサン＝ジェルマン＝ロクセロワ教会で行われたことを不満として暴動をおこす。一一月二〇日から二二日、リヨンでは絹織物労働者が不況による休機と労賃の切下げに反対して暴発し、国民軍が参加して市の政権を掌握、パリから正規軍が出動してこれを鎮圧。一八三四年四月九日から一二日には、リヨンの労働者と「人権会」が刑法改悪に反対して蜂起し、多数の死者をだして鎮圧され、四月一三日にはリヨンの反乱の援助を準備中のパリの「人権会」その他の共和主義勢力が弾圧をうけ、軍隊と市街戦を展開し、敗れる。いわゆるトランスノナン街の虐殺である。

イタリアでは法王ピウス八世が一八三〇年に歿したのを機として各地に騒乱がおこる。ロマーニャ地方でも、反乱が三二年一月に再発し、オーストリア軍はボローニャを占領して、イタリア支配での優位を確立しようとする。英仏はこれを牽制し、ローマ駐在フランス大使サン＝トーレール伯とフランスの首相カジミール・ペリエは、二月二三日、勢力均衡を至上命令とする当時の外交政策に忠実に、アドリア海に面するアンコナにフランス軍を上陸させる。スタンダールは上陸軍の計理事務のため、パリから戦時支出担当官が到着するまで、三月八日から三一日まで同地で勤務。公務関係の事件としては、同年一二月一七日にチヴィタヴェッキアに入港した客船のフランス人乗客が誤認逮捕される。法王庁が故ナポリ王ミュラの子アシル・ミュラの入国を恐れていたためであり、チヴィタヴェッキアの警察署長はローマにフランス大使を訪れて陳謝、スタンダールも同席した。

この間に一〇月一六日、かねてから申請していた休暇が認められるが、スタンダールは利用しない。ジウリア・リニエリが故郷のシエナへ帰ってきていた。シエナはエトルリアの古い町で中世の珍しい衣装が保存されており、毎年八月一五、一六日にはこれを用いた行列と競馬がある。一八三一年と三二年、スタンダールはこの祭を見るために同地に滞在、三二年には一一月と一二月にも滞在した。ベルリンギエーリとジウリアに会うためである。とくに一二月にはシエナ郊外のヴィニャノにあるベルリンギエーリの別荘に滞在、ジウリアもいっしょであった。

なおこの年、ローマ駐在フランス大使秘書スパックは日記につぎのように記している。

「ベールは大使館であまり好かれていなかった。彼の悪魔的な性格が（……）嫌われた。この偽装した共和主義者は、いずれ長続きせぬと信じている七月王政に心ならずも同調しているのであった（……）〝あといつまで奔流をせきとめられるとお思いですか〟と彼は言っていた」

その大使館と大使夫人以下の関係者を舞台にあげる試みが『エゴチスムの回想』の直後に着手し

た小説『社会的位置』である。当然、発表できるようなものではない。

一八三三年八月の末、スタンダールは前年許可された休暇を利用してパリにむかい、九月一一日から一二月四日まで滞在する。ホテルはリシュリュー街七一番地のオテル・ド・ヴァロワ。この間、一一月に、モンシー－ユミエールにクレマンチーヌ・キュリアルを訪れるが、彼女の新しい恋人は作家のクールシャンだった。

「おどるスタンダール」（ミュッセ画）

一二月一五日、スタンダールはリヨンからマルセーユ行きの船にのる。当時さかんに利用されていたローヌ河の川船である。埠頭でヴェネツィアにむかうミュッセとジョルジュ・サンドに出あい、同行する。同夜リヨンから約一七〇キロのブール－サン－タンデオルで、当時一軒しかなかったホテル、二八年前メラニー・ギルベールを追ってマルセーユへ行くときに泊ったホテルに一泊した。スタンダールは酔って食堂で踊る。ミュッセは旅の画帳にその姿をスケッチし、サンドはあまり愉快ではなかった思い出を『わが生涯の歴史』に記す。マルセーユからスタンダールは陸路、恋人たちは海路。サンドは「スタンダールが船といえば私たちは陸を行っただろう」とつけ加えている。

イタリア古文書

一八三三年の大きな収穫はイタリア古文書の発見である。スタンダールは三月九日『ローマ漫歩』の一冊にベアトリス・チェンチとプロスペロ・ファリナッチについてのメモを残す。イタリア古文書との接触をしめす最初のメモで、この古文書は彼がローマの大貴族カエタニ家の書庫で発見し、それを筆写させる権利を買いとったもの。変色したインクで書かれた挿話は『ヴィットリア・アコランボニ』『チェンチ一族』『パリアーノ侯爵夫人』『カストロの尼』『過ぎたる寵は死をまねく』(邦訳名『深情け』)『スコラスチカ尼』『パルムの僧院』の出発点となった『ファルネーゼ家興隆の起源』そして『バイアーノ修道院』であった。

スタンダールは挿話を好んだ。『ハイドン、モーツァルト、メタスターシオ伝』『イタリア絵画史』『一八一七年のローマ、ナポリ、フィレンツェ』『ナポレオン伝』『ロッシーニ伝』『ローマ、ナポリ、フィレンツェ』『ローマ漫歩』などは多くの挿話からなっている。彼にとって挿話とは小さな具体的な事実であり、それらの上に乗って「すべる」のが彼固有の「語り」であり、その「語り」を小説で生かすための決定的な資料をイタリア古文書が提供したのである。

一八三三年のはじめ、スタンダールは感情の危機を経験していた。シエナへなんどもジウリアを訪れ、彼女はつねににこやかに迎えはしたが、彼女の結婚が近いという不安が彼を苦しめていた。一月二三日から二月一四日まで、彼はシエナにいた。そして二月二五日、ローマから従弟のロマン・コロンにあてた手紙には、彼の苦渋が読みとれるが、イタリア古文書の発見はまさに彼の気をまぎらせるものであった。フィールディングの小説『トム・ジョーンズ』の欄外に書かれた三月一四日の英語まじりのメモは、はっきりと彼の意図を示している。《*I see with great pleasure* i Tragici raconti.》そしてつけ加える。《*One day I will pub*[*lish*] *them.*》とりあえず「これで気がまぎれる。私は気をまぎらすように努めている」

一八三三年、休暇でパリへむかうまで、スタンダールはこの古文書を耽読する。パリでは、友人のジュル・ゴーチエ夫人が彼に自作の小説『中尉』をわたして批評添削を依頼した。彼女へは手紙で、パリで読む暇がないのでイタリアへもち帰り、翌年一月か二月に返送すると答えている。これが一八三四年、未完の長編小説『リュシヤン・ルーヴェン』を書きはじめる契機となる。

『リュシヤン・ルーヴェン』　一八三四年、スタンダールは再び任地チヴィタヴェッキアとローマでの生活を始めていた。イタリア古文書はあいかわらず彼の情熱をかきたてていた。三月には『ファルネーゼ家興隆の起源』を読み「真実と素朴さにみちた物語」と評価し、『ヴィットリア・アコランボニ』の余白に《*I though*[*sic*] *in March 1833 of making of this story as that of Julien.*》と記す。ゴーチエ夫人の『中尉』について彼女に手紙を書いたのは五月四日。読後感と批評を書き『ルーヴェン、あるいは理工科学校放校生』というタイトルをすすめた。五月八日から九日にかけての夜、この作品を自作として書きなおすことにする。そして一八三五年一一月二一日『アンリ・ブリュラールの生涯』を書き始めるまで、小説による営々たる七月王朝史の構築がつづく。仕事はしかし四月には事実上終っていた。主人公のローマ生活の部分（『社会的位置』はここで使えたのだが）を削除して、四月三〇日に、こうメモする。「一年、画布はうまった（なぜならローマは一昨日削除したから）」そして五月一四日「これがなんの値打ちもなければ、一年の仕事を無駄にしたことになる。ドミニック［スタンダールのこと］の『回想録』を書いたほうがよかった（……）これがなんの値うちもなければ、最大の原因の一つはプランを考えねばならなかったことだろう」

最後の一節に注意してほしい。この小説には『赤と黒』の時のような下敷きがなかった。戯曲習作で、そういう場合がどうなるかを、私たちは『ルテリエ』で知っている。『リュシヤン・ルーヴェン』はいわば『ルテリエ』の小説版であった。やがて『ラミエル』も、さらに厳しい道をたどることになる。

第一部はフランス東部の町ナンシー。主人公リュシヤン・ルーヴェンは、パリの裕福な銀行家の息子で理工科学校の生徒だったが、一八三二年六月五、六日、ルイ・フィリップ反対派の先鋒だったラマルク将軍の葬儀にあたって共和派のデモが騒乱に発展した「クロワートル－サン－メリの騒《そう》擾《じょう》」に参加したかどで理工科学校を退学になる。

リュシヤンは槍騎兵小尉になり、任地のナンシーに赴任する。連隊が町に入る日、彼はシャステレル夫人がのぞいている窓の前で落馬する。ナンシーは典型的な田舎の小都会で、正統王朝派のサロンは貴族と高級将校しか出入りできない。リュシヤンはパリの銀行家ルーヴェン氏の息子であることがわかり、社交界に迎えられ、シャステレル夫人に恋をする。彼女はシャルル一〇世の近衛将校の若い裕福な未亡人で、父ポンルヴェ侯爵と同様、過激王党派である。二人の恋は小心で、愛しあいながら自分の気もちとたたかう。リュシヤンを町から追いだす陰謀の指導者は王党派の策士デュ・ポワリエ医師で、医師の立場を利用して軽い病気になった彼女に起床を禁じ、会いにきたリュシヤンに見えるように、夫人の部屋から赤ん坊を抱いて出て、お産はすんだと女中にいう。彼女には恋人があるという噂から疑念をもっていたリュシヤンは、驚きと絶望のあまりパリに帰る。

第二部はパリである。彼は父のすすめで内務大臣ヴェーズ氏の秘書になり、劇場や社交界にも顔をだす。最初の仕事は軍にやとわれている挑発者コルチス事件に関する処理、つぎはノルマンディーでの選挙干渉。ブロワでは民衆に泥を投げつけられ、同行したナンシー時代からの知人の共和主義者コッフからは熱心すぎて失敗したのだと酷評される。新しい発明テレグラフ（現代の電信ではない）をつかう株価操作。

父ルーヴェン氏は代議士になり、息子を社交界で成功させるため、パリ第一の美人で才女グランデ夫人を恋させようとする。夫人は財界人の夫を大臣にするためにルーヴェン氏を利用しようとする。リュシヤンは彼女の愛をえるが、父の画策の結果であることを知り、自分の信念に反する仕事ばかりの生活に嫌気がさし、ナンシーへもどって恋人に再会するため、旅だちを考える。

以上が一応完成した部分だが、その後の展開では、父の死と破産ののち、リュシヤンはローマ大使館のアタシェとして赴任し、ついにはシャステレル夫人と結婚することになっていた。
七月革命後のフランス社会を描こうとする意図は明らかであり、最大のターゲットは政治権力である。恋はすれちがいの連続であり、権力は盗みであることを、リュシヤンは二人の指導者デュ・ポワリエ医師と父から学ぶ。スタンダールは『赤と黒』より幅のひろいバルザック流の社会小説をねらった。その目標は『ルテリエ』が喜劇であったと同じ意味での喜劇的小説の創出、手法としては「おぞましさ」をいかに描くかということである。そして「おぞましさ」から人を救うもの、あの「ロマンティックという名の優しい崇高」はリュシヤンとシャステレル夫人の恋である。

「その晩は「緑の狩人亭」のカフェ－ハウスでジプシーのホルン奏者たちが、甘く素朴な、ちょっとテンポのゆるい音楽を、うっとりするように演奏していた。これほど優しい、心を奪う音楽、森の大樹のかげに沈みゆく夕日と調和した音楽は、またとなかった」

という、シャステレル夫人がはじめてリュシヤンに腕をあずける場面の描写も美しいし、二人が初めて抱きあうシーンは、恋の至上の陶酔を、後に触れる『パルムの僧院』の一節とまったくおなじ書き方で描いている。

『アンリ・ブリュラールの生涯』『ある旅行者の手記』

感動のエゴチスム　一八三五年の秋、ローマで、スタンダールはとつぜん三年前と『**アンリ・ブリュラールの生涯**』同じ感情にとらえられた。一八三二年一〇月二三日、ローマ七丘のひとつジャニコロの丘に散策の足をのばしたとき、彼は聖ペテロが磔《はりつけ》になったというサン－ピエトロ－イン－モントリオ教会前の小さな広場で立ちどまったのだった。彼の目は機械的に、眼下にひろがる壮大なパノラマにむけられた。この永遠の都ローマ、彼が『ローマ漫歩』で描いた都からたちのぼってくるのは、なにか物悲しい思いである。この無数の白い大理石とバラ色の壁と赤褐色の屋根瓦の堆積を目にするとき、人は無意識のうちにこの都の長い歴史と自分の短い一生を比較する。第一章の冒頭は稀有の美しさにみちている。

「私は今朝、一八三二年一〇月一六日、ローマ、ジャニコロの丘、サン－ピエトロ－イン－モントリオにいた。すばらしい太陽だった。ほとんど感じられないほどのシロッコの微風が、アルバノ山の上に、いくつかの小さな白雲をただよわせ、快い温かさが大気を支配していた。私は生きているのが嬉しかった。ここから四里のフラスカチとカステル・ガンドルフォ、ドメニキーノ筆のあの崇高なジュディットの壁画のあるヴィラ＝アルドブランディーニが、それぞれはっきりと見えていた。（……）そのずっと遠くには、パレストリーナの岩と、昔その要塞であったカステル＝サン＝ピエトロの白い建物が見える。私がよりかかっている壁の下には（……）テベレ川とマルテの修道院、そして右手のすこし後にはチェチリア・メテルラの墓、聖パウロ寺院とケスティウスのピラミッド。正面にはサンタ＝マリア＝マジョーレとモンテ＝カヴァルロ宮殿の長い線が見える。古代と近代の全ローマ、墓と水道の遺跡の古代アピア街道からフランス人が作ったピンチオの壮麗な庭園までが視野いっぱいにひろがっている。

こんなところが世界にまたとあろうかと、私はぼんやりと考えた。すると古代ローマは私の意に反して近代ローマにうちかち、ティトゥス・リヴィウスのあらゆる思い出が雲のように心にもどってきた。アルバノ山の上、僧院の左に、ハンニバルの牧場が見えるのであった。

なんと素晴らしい眺めだろうか。ラファエロの『キリストの変容』が二世紀半のあいだ賛美されたのは、まさにここだ。なんという違いだろう、今日あの絵がヴァチカンの奥ふかく埋められているあの灰色の大理石の陰気なギャラリーとは！　こうして、二五〇年の間、あの傑作はここにあったのだ、二五〇年……」

そして二五〇年……とつぶやいたスタンダールは、最後の五〇年と

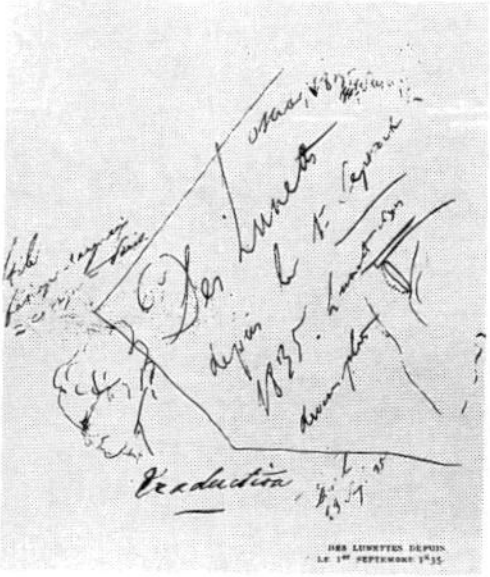

「1835年９月１日から眼鏡」（『リュシアン・ルーヴェン』原稿メモ）

いう音から、自分がまもなく五〇歳になることに思い到るのである。

「私はサン゠ピエトロ゠イン゠モントリオの階段に腰をおろし、そこで一、二時間思いにふけった。私はやがて五〇歳になる、まさに自分を知るべき時であろう。私は何であったか、私は何であるか」

ドメニキーノ筆のジュディットの壁画について、そこにあるのはカヴァリエ・ダルピーノのジュディットであり、ドメニキーノの作品はローマのサン゠シルヴェストロにあるという考証がある。問題はそこにはない。ジュディットは旧約聖書経外書ユディト書のヒロインである。彼女はユダヤのベトゥリア市の寡婦で、アッシュリア人が同市を襲い包囲したとき、召使をつれて敵陣におもむき、敵将ホロフェルネスを大酔させ、その首を切り、闇にまぎれてベトゥリア市にもどった。ユダヤ軍はこれに力をえて討って出て、包囲軍は算をみだして退却したと伝えられる。女性のエネルギーのテーマ、また切りおとした男の首というイメージはヘロディアスやサロメと同じである。『赤と黒』の最後のシーンをご記憶であろう。やがて『パルムの僧院』でも触れるが、メチルド、ヘロディアス、サロメという連関はスタンダールにおいてつねに見えかくれするイメージである。そのイメージ、しかも「崇高な」イメージを自伝の冒頭に埋めた。この作家の端倪《たんげい》すべからざるところである。

「子供の手帖」から

『アンリ・ブリュラールの生涯』は、このようにして一八三五年一一月二三日に書き始められる。第一章で今や自己を知るべき時であるという命題をかかげ、第二章では生涯に愛した女性たちの頭文字をアルバノ湖畔の砂の上に書きしるして深い夢想にふけった後、第三章からスタンダールは、常にもまして速さで一気呵成に筆をすすめる。間断なく現前する少年時代の記憶、いや少年自身の感覚が、筆をゆるめることを許さないのである。喜びも悲しみも、ひたすら感じることしかできなかった子供に、五二歳の大人が力をかして感動を記録し、原因と関連をさぐり、意味を抽出する作業であり、とうてい客観的な描写ではない。感動と情念が渦をまく。彼が書きたいのは事実や歴史ではなく、それらが彼の感覚にうったえた効果である。親類で立憲議会の議員夫人であったピゾン・デュ・ガラン夫人の頬か額にかみついた最初の記憶、グルネット広場の角でグランドリュにのぞむ二階の窓から、手をすべらせてナイフを落とし、それが通りすがりのシュヌヴァ夫人の近くか上に落ちたという事件。少年のあらゆる喜びに終止符をうった母の死、革命の渦中に一人の帽子屋の職人が銃剣で背中を刺され、下の方、ほぼ臍《へそ》のあたりから流れ出る血。家族構成、少年が愛した祖父、大伯母、叔父、上の妹、少年が憎んだ父、叔母、下の妹、そして圧制者の家庭教師ジェジュイット派のライヤンヌ師。ラテン語のデュラン先生。希望大隊の指揮官ガルドン師の偽手紙をつくって希望大隊に入ろうとしたこと。叔父ロマン・ガニョンの住むレ・ゼシェルへの初旅行。下男ランベールの死。最初の聖体拝受。一七九三年夏、はるかリヨンから聞えてくる砲声。中央学校。少年の心を閃光のように駆けぬけて去った旅まわりの女優キュブリー嬢、ふくらみかけた胸の女友達ヴィクトリーヌ・ビジョン、クロゼをはじめ同郷の友人たち。文学の先生デュボワ・フォンタネル、彼を一挙に学問の入口にみちびいた数学者グロ。パリへの出発。リル街五〇五番地のダリュ邸、そのあとのアンリ・ベールとは私たちはすでに知合いである。ロルでの完全な幸福の瞬間、イヴレアでの『秘密の結婚』、そしてミラノ。『アンリ・ブリュラールの生涯』の最後の章は次のように始まる。「春のある快い朝、ミラノに入ったとき、そしてなんという春、この世のなんという土地か」

この章の書き方には、ここで一応の締めくくりをするという筆致が見える。その筆の運びとどちらが早いか、一八三六年三月二六日、スタンダールは賜暇《しか》の報に接した。翌日『ブリュラール』の原稿最終ページの余白に、パリへの旅行計画、途中での買い物、パリで会うべき人々の名などをメモする。「自分が夢中になれるのはジウリアだけだ」という一行もある。そして五月二四日、パリに着いた。モンブラン街一七番地のオテル・ド・ラ・ペに投宿する。一八六〇年のオスマン通り開通のため街もホテルも現存しないといえば、大体の見当はつく場所である。

一八三六年九月六日、チエール内閣の後をうけて、スタンダールの庇護者モレ伯の内閣が成立する。そしてスタンダールは四半期ごとに休暇を延長し、休暇はモレ伯の辞任まで三年つづいた。ただし俸給は休職あつかいで半額の年俸五〇〇〇フラン。フランスでは現在でも有力者の「ひき」が物をいう。当時としては驚くにあたらない人事であろう。しかし現代の私たちには理解しがたいこのルーズさが人類の歴史に幸いした。『パルムの僧院』が書かれたのである。

感動の歴史　一八三七年はイタリア古文書から二つの挿話『ヴィットリア・アコランボ

『ナポレオン覚書』　ニ』と『チェンチ一族』を、前者は三月一日、後者は七月一日に『両世界評論誌』に発表し、また四月二八日には同誌の編集長ビュロスと、全部で全紙一二枚分になる六つから七つの中編小説に対して三〇〇〇フラン、『両世界評論誌』に掲載の後は単行本として八〇〇部印刷、執筆期間は向う一年という約束をする。並行する仕事は、一八一七年の『ナポレオン伝』の後をうけた『ナポレオン覚書』である。

『イタリア絵画史』と『一八一七年のローマ、ナポリ、フィレンツェ』の谷間にうまれた『ナポレオン伝』が、なぜ出版不可能であったかはすでに述べた。それから二〇年、情勢はかわった。皇帝はすでに伝説中の人となり、皇帝の仇敵ブルボンも一八三〇年の七月革命で政権をはなれた。ナポレオンについて語ることはもはや危険思想ではなく多くの回想録が出版される。スタンダール自身もかわり、自分の視線でものを書く「エゴチスム」の手法を確立していた。つまり革命の申し子として登場した若きナポレオンと、マレンゴの戦いの翌日ミラノに入った一七歳のアンリ・ベールとの間に、ひそかな絆ができたのである。こうしてスタンダールは、イタリアの魅惑の野を風のようにかけぬけた若き共和主義者ナポレオンに、自分の姿を重ねあわせた。メリメが「まったく方法に欠けている」と評したこの仕事は四月に終った。『ナポレオン覚書』の中核はフランス軍のミラノ占領時代の再現である。小説まではあと一歩だ。その小説とは『パルムの僧院』に他ならない。

『ある旅行者の手記』

一八三七年と三八年は旅行の年、『ある旅行者の手記』のための取材旅行である。

まず一八三七年は、『ナポレオン覚書』の執筆をきりあげた後、五月二五日から七月五日まで、四六日間、パリから南下してロワール地方、西へ行って大西洋岸のナント、それからブルターニュとノルマンディーを経由してパリにもどる。

パリでは住所がかわる。コーマルタン街八番地、ボルド夫人方である。彼女が八、九か月留守にする間という約束が、一八三八年末まで住むことになり、『パルムの僧院』はここで書かれる。現在のオペラ座前の大通り、キャピュシーヌ通りを西へマドレーヌ寺院の方へ行き、三つ目の角を右におれた街の右側、現在のオランピア劇場の隣りの建物である。

一八三八年は、まず三月八日にパリを発ち七月二二日にもどるまで一三六日間の馬車の旅。アングレーム、ボルドーから南仏の地中海岸ラングドック地方をへてマルセーユ、グルノーブル、ジュネーヴ、ストラズブール、それからドイツ、オランダ、ベルギー。この間アントワープ、ブリュッセル間は鉄道で移動するが、全行程を現在の道路地図で概算すると約五〇〇〇キロの大旅行。また一〇月一二日にふたたびパリを発ち、ノルマンディーを旅して一一月三日パリにもどる。二二日間の旅である。『ある旅行者の手記』の出版は一八三八年六月三〇日、八折版、上下二巻、パリ、アンブロワーズ・デュポン書店、一二〇〇部印刷。著書は原稿料として一五六〇フラン受領、出版者の出版権は一八三九年六月二四日までであった。

『ある旅行者の手記』と『ローマ漫歩』の間には共通点がある。いずれもスタンダールの言葉でいえば *for make money* の仕事。またいずれも、いわゆるガイドブックではない。おすすめコースもホテルやレストランの値段もない。一人あるいは数人の旅行者が見聞を語る形式であり、思いもよらぬ逸話がもりこまれている。旅行中に見聞した各地の人々の風俗や意見について論ずるという姿勢は『ある旅行者の手記』の方が顕著である。

しかも取材旅行のメモは、縦糸に用いられるだけで、とくに南フランス、ラングドック地方については、以前の旅の経験がくみこまれている。スタンダールはこの鉄のセールスマンL氏の見聞録を提供するにあたって「文学する」ことを慎重にさける。語られるのは常に「小さな本当の事実」であり、彼の描くフランスは、最も高度な意味での人文地理、つまり精神的、政治的、経済的フランスである。この意味で、スタンダールの書いた最も非文学的な書きものが、彼の文学に通じるのである。しかし領事の身分では真に自由な意見の発表は困難であろう。この本は「『赤と黒』の著者による」という形で出版された。鉄のセールスというのも時代を敏感にとらえている。フランスでも鉄道の時代が始まろうとしているのである。

『パルムの僧院』「ロマンティックという名の優しい崇高」—6

情熱のイタリア　一八三三年にスタンダールが発見したイタリア古文書のうち、『ヴィットリア・アコランボニ』と『チェンチ一族』は、ともに一八三七年、無署名で『両世界評論誌』に発表された。四年の歳月と著者名の秘匿は彼の立場から当然であった。なるほど遠い昔の話ではあれ、聖職者への露骨な批判を含んでいたし、現職のローマ法王領駐在フランス領事が著者として同定されるのは不都合であった。代表的な『カストロの尼』は暗い情熱の物語である。

『カストロの尼』

アルバノの町にほど近い山中、湖水をめぐる断崖の上にすむ野武士の息子、親子二代の山賊ジュリオ・ブランチフォルテは、領主カンピレアーリ殿の娘、一七歳のエーレナに恋する。彼女は面長、秀でた額、濃いブロンド、快活な表情、大きな深々と物をいう目、三日月形の栗色の眉、薄い唇、コレッジョの筆を思わせる口もと、莫大な持参金つきの娘である。父である領主はジュリオに、襤褸《ぼろ》をまとって屋敷のそばをうろつくなと侮辱する。青年は闇にまぎれ、長い竿先に恋文をつけて地上五〇フィートの窓でまつ娘にとどける。文通がくりかえされ、それと知った娘の父と兄は、ある夜ジュリオを狙撃する。そのときジュリオは、昔の父の戦友で今は父のように彼を愛する隊長ラヌッチオに援護されている。彼とその部下たちがジュリオに味方する。カンピレアーリ殿と息子が海岸の領地に馬で行った日、帰ろうとすると馬が一匹もいない。その間ジュリオはエーレナの足もとに膝まずく。

「二人は見つめあっていた。しかしひとことの言葉も出ず、表情ゆたかな大理石の一組の像のように身動きもしなかった。ジュリオは膝まずいてエーレナの片手をとり、エーレナはうつむいて彼を一心に見つめていた。(……)彼は彼女の膝にすがっていた。彼女は倒れまいとしてよりかかり、意識を失ったようになって彼の腕のなかに倒れた」「だれが信じようか、とフィレンツェ文書の著者は叫ぶ。怖るべき死と隣りあわせの大胆な密会が、なんども庭園で、さらに一、二度はエーレナの寝室で行われた後も、彼女は純潔だったのである」

ある囚人を護送中に奪いとるため政府党とその味方カンピレアーリ父子の部隊を襲撃したジュリオはラヌッツィオを失い、恋人の兄ファビオを殺す。彼女はカストロの女子修道院に監禁される。ジュリオはカストロの町に潜入し、伝手をもとめて彼女に手紙をとどける。彼女は兄を殺した人を忘れたいと返事をよこす。ジュリオは彼女を責める。お前は私の妻ではないか。

「お前はすでに私の腕のなかで、なすがままになっていたではないか、お前の口さえ、もはや拒みはしなかった。その時に朝のアヴェ・マリアの鐘がモンテ・カーヴィの僧院でなったのだ。まるで奇跡のようにその音が私たちのところまで聞えてきた。お前は言った。聖マドンナに、純潔の母に、これを犠牲にささげて、と。私も一瞬前から、その最高の犠牲、実際にお前にしてやれる唯一の犠牲を考えていた。同じ考えがお前の心にうかんだのは不思議だった（……）そしてお前は今も私の目の前にあるこの十字架にかけて、私が命じさえすれば、すぐさま、あの瞬間のように、私の言いなりになると誓ったではないか」

ジュリオはエーレナを奪取するために僧院に攻めこみ、重傷を負い、のがれ、亡命し、スペインのためにメキシコで戦う。エーレナは彼が死んだと思いこまされ、やがて父の莫大な遺産をえてカストロ女子修道院の院長になる。彼女は絶望と倦怠のなかでローマの貴婦人たちのように身体だけの快楽をえようとし、司教の一人に身をまかせ、妊娠し、出産し、この過ちのため地下牢に投じられる。母親は彼女を救いだすため地下道をほらせる。ジュリオが法王に許されて帰国する。それを知ったエーレナは、彼に長い手紙を書き、おりしも貫通した地下道から彼女を救いにきた老兵に手紙を托し、短剣で胸を突いて自害する。

「フィレンツェ文書の著者は」という言葉でわかるように、この作品はローマとフィレンツェの古文書の翻訳という体裁をとる。スタンダールはあくまでもこれが自作ではないと主張するのである。以前はごまかしだ、すりかえだ、スタンダールの悪い癖だと批判された。これはむしろ彼に固有な性質、仮面の欲求、アリバイの欲求からくる。一種の変身願望でもある。ちなみに『カストロの尼』第一部は一八三九年二月一日、第二部は三月一日、『両世界評論誌』にF・ド・ラジュヌヴェのペンネームで発表されるが、この二つの日付の間に『パルムの僧院』の校正が始まる。

『パルムの僧院』

イタリア古文書に『ファルネーゼ家興隆の起源』と題される短い物語があった。後に法王パオロ三世となる有名なアレクサンドル・ボルジャの出世と恋の物語である。ローマのサン-タンジェロ城塞での彼の毒殺計画、危機一髪の脱獄、聖職者としての栄達、この筋に優しくからむ二人の女性、ヴァノッツァとクレリア。一八三八年八月一六日、スタンダールは例の英語まじりのメモで記す。《*To make of this sketch a* romanzetto.》このロマンツェット（小さな小説）が傑作『パルムの僧院』に成長する。他のイタリアものとはちがい、アレクサンドル・ボルジャの波瀾万丈の物語を現代のイタリア、ナポレオンの残照に映えるイタリアにおきかえる試みである。九月一日「従軍酒保の女とアレクサンドル」の章を書き、二日にはアレクサンドルがワーテルローの戦場を見る部分を口述し、三日にはこの作品を長編小説にする構想がきまった。このあと『カストロの尼』

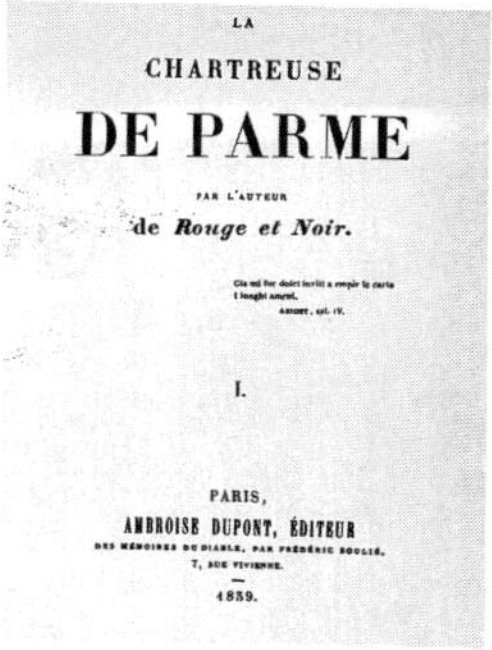
LA
CHARTREUSE
DE PARME
PAR L'AUTEUR
de *Rouge et Noir.*
I.
PARIS,
AMBROISE DUPONT, ÉDITEUR
DES MÉMOIRES DU DIABLE, PAR FRÉDÉRIC SOULIÉ,
7, RUE VIVIENNE.
1839.

『パルムの僧院』初版表紙

第一部の仕事が入り、本式に『パルムの僧院』にかかったのは一一月四日、そして五二日後の一八三八年一二月二六日、ほとんど口述でこの小説を完成する。のちにナポレオン三世の皇后となるヴージェニア・ド・モンチホ（当時一二歳）が一一月一一日付で父モンチホ伯爵にあてた手紙によると「ベールさんは姿を消しました。（……）門番は、だれがきても狩に行ったと言えといわれています」発売は一八三九年四月六日、著者名は『「赤と黒」の著者』、八折本二巻、パリ、アンブロワーズ・デュポン書店、一五フラン、一二〇〇部印刷である。

ファブリス・デル・ドンゴはミラノの若い貴族、高邁でロマネスクで、ナポレオンに心酔している。自分ではオーストリア派の反動貴族、コモ湖畔グリアンタの城主デル・ドンゴ侯爵の次男だと思っているが、読者にはボナパルト将軍が率いて一七九六年にミラノに入ったフランス軍の、ある将校の落胤《らくいん》であることがわかる。デル・ドンゴ侯爵の妹、叔母（だから血はつながっていない）のジーナ・デル・ドンゴは、彼とおなじ気性の女性で、皇帝のエルバ島からの帰還に熱狂してナポレオン軍に身を投じようとする甥をたすける。ファブリスは単身ワーテルローの戦場にまぎれこむ。この小説の最も有名な個所のひとつである。負傷し、かくまわれ、帰国するが、容疑者の身で、しばらく神学校に身をかくす。この間ジーナは、ある老貴族との名目だけの結婚でサンセヴェリナ侯爵夫人となり、パルマ公国の首相モスカ伯爵に愛され、ファブリスもパルマによばれて伯爵の庇護をうけるが、この甥に彼女は優しい感情をいだきはじめる。レオナルド・ダ・ヴィンチの描く美わしのエロディアードに似たロンバルディア風の美の典型。ところで忘れてはならないのが『エロディアード』(じつはルイーニの筆とされる)のテーマである。エロディアードつまりヘロディアスは、ベツレヘムの幼児虐殺を行ったというユダヤの王ヘロデスの息子ヘロデス・アンティパスの後妻であり、彼女はこの結婚を非難した洗礼者ヨハネを殺させる。彼女が先夫とのあいだにもうけた娘がサロメであり、母にそそのかされて報奨としてヨハネの首を乞い、これを得た。『赤と黒』のジュリヤンの埋葬は、このイメージと無縁ではない。さらに興味のある方は、オスカー・ワイルドの悲劇『サロメ』をお読みいただきたい。

宮廷は権謀術数の舞台である。パルマ大公ラニュス・エルネスト四世はサンセヴェリナ侯爵夫人を想っているが、彼女やモスカ伯爵の「高邁な人々」と警視総監ラシの「卑しい連中」の勢力を巧みにあやつる専制君主である。ファブリスはこの宮廷にあき、マリエッタという可愛いい女優に夢中になる。サンセヴェリナ侯爵夫人は自分がファブリスを愛していることを知り、困惑する。モスカ伯爵が手をまわし、ファブリスは久々に母夫人に会いにでかける。母と下の妹にマジョーレ湖畔で会い、その後、あのミラノの北、アルプスの山麓、マジョーレ湖のすぐ東に、不思議な相似形に澄んだ水をたたえる故郷のコモ湖畔に、心の師ブラネス師に会いにゆく。

「前日の昼間のたえがたい暑さは朝の微風でやわらぎはじめていた。すでに暁はひとすじの弱い光でコモ湖の北と東にそびえるアルプスの峯々をくっきりと描いていた。六月でも雪に白い峯々の塊は、あの無量の高みではいつも澄みきっている明るい紺碧の空に浮きだしている。アルプスの支脈のひとつは南へ幸福なイタリアにむかって走り、コモ湖とガルダ湖の斜面をわかっている。ファブリスの視線は、この崇高な山々の支脈をひとつひとつ追っていた。暁の光は明るさをましつつ、峡谷の底からたちのぼる靄《もや》をてらし、山の間の谷々をはっきりと見せていた」

父や兄の住む城へはゆかず、彼はブラネス師にあい、教会の鐘楼で一夜をあかす。翌朝は聖ジョビタの祭である。鐘楼の下は祭の行列がとおる。しかし彼の心につよく語りかけるのは、数里かなたによこたわるコモ湖の二つにわかれた水面である。

「この崇高な眺めはまもなく他のすべての眺めをわすれさせ、彼のなかに高い感情をよびさました。それは彼のなかに、この上なく高い感情を目ざめさせつつあった。子供のころのあらゆる思い出が群れをなして彼の思いを襲ってきた。そしてこの鐘楼のなかの牢獄の一日は、おそらく彼の生涯の最も幸福な一日となった」

虚空の恋、天上の恋

ファブリスはマリエッタのことで嫉妬に狂う座長ジレッチと決闘し、これを殺す。警視総監ラシはファブリスを逮捕する。サンセヴェリナは大公に面会し、この絶対君主から力ずくでファブリスの赦免状を取りつける。古典悲劇の崇高を思わせるシーン、現代のメディアのシーンである。大公は約束を破ってファブリスをパルマの城塞のファルネーゼ塔に幽閉する。城塞司令長官の娘クレリア・コンチはファブリスの魅力にとらえられる。まだすこし痩せぎすな娘、ギドの描く美人に似て、素朴な優雅さと気高い魂の天上的な刻印の輝いている顔は、最も稀な美しさをしめしながら、ギリシア彫刻には似ていない。ファブリスも彼女に魅惑される。そして二人の恋の舞台は、地上二三〇フィートのファブリスの窓から水平に二五フィート、下に五、六フィートのところにあるクレリアの露台までの、遠いアルプスの風も通う石壁のあいだの空間である。ファブリスは収監の日、長官邸の窓から、はるかに遠いアルプスを見る。イタリアの北の境界をなす雪の山々、彼がコモ湖から見たおなじ地平、それは監房の窓からも見えた。

「その夜は月があった。そしてファブリスが監房に入っていったとき、月は厳かに地平線の右、トレヴィーゾの方、アルプスの山なみの上に上りつつあった。まだ八時半だった。そして地平線の他の端、西の方には、赤オレンジ色の輝かしい夕焼けが、ニースからモン-スニ峠へと次第に高くなってゆくモンテ-ヴィーゾその他のアルプスの峰々を、くっきりと描きだしていた。ファブリスはこの崇高な光景に心うたれ、恍惚となった」

これがクレリアの暮している世界、パルマから一〇〇里も遠い山のなか同様の世界である。ファブリスは牢獄の心地よさに魅せられる。すでにグリアンタの鐘楼で知った幸福である。

読者はオクターヴとアルマンスの視線をご記憶であろうか。あの二人は互いに相手を確かめようと見つめあう天使であった。すでに『イタリア絵画史』でスタンダールはラファエロの『聖家族』をこう描写している。聖母マリア、聖ジョゼフ、そして嬰児イエスの眼差しを「これは、あの、天が一瞬互いに近づけようと欲した優しい清純な魂がときおり味わうような、静かな情愛にみちた場面である」（第五八章）

スタンダールの聖家族

ファブリスはせっかく脱獄した牢獄へ、クレリアに会いたいがために戻って行く。翌朝クレリアは習慣的に、ファブリスがのぞいていた窓に目をやり、そこに彼の姿を見出す。この小説で最も感動的なシーンである。

「ファブリスの姿を見ているうち、彼女は気が遠くなり、窓の側の椅子の上に倒れた。顔は窓の下縁にのっていた。最後の瞬間まで彼を見ていたかったので、顔はファブリスの方にむけられていて、ファブリスの方からもすっかり見えた。ややあって彼女がふたたび目をあけたとき、最初の視線はファブリスにむけられた。彼女は彼の目に涙を見たが、それは幸福の極致の涙であった。二人の若者は、あわれしばし、互いの眼差しに魔術にかけられたように見つめあっていた」

越えがたい空間をへだてて見つめあう二人の恋人、それは私たちに『ロメオとジュリエット』のテラスの場面を思いださせる。しかしあのテラスの場は、キャピュレット家の庭園、ヴェロナで敵対する二つの家族の暗闘のただなかで、そのおなじ平面で生起する。それに反してファブリスとクレリアのシーンはパルマの宮廷の権謀術数を遠くはなれ、「下界で我々の心をしめる下劣や悪意から千里も上」での、まさに「空の孤独」の空間である。この空間を恋人たちの視線が交錯する。そしてこの視線をもつ人たち、ラファエロの聖家族、オクターヴとアルマンス、ファブリスとクレリア、いずれも世の常の人ではない。はるかにバルザック的な構想のなかにおかれたリュシヤンとシャステレル夫人でさえ、おなじ家族の「優しい崇高な存在」なのである。ジュリヤンにもレーナル夫人にもマチルドにも、みなこのような視線があり、このような瞬間がある。

サンセヴェリナは彼女を裏切ったエルネスト四世を、死刑囚で医者で詩人で追剝ぎで、瘦せて聖ヨハネのような目をしたフェランテ・パラに暗殺させる。ファブリスには毒殺の危険がせまる。牢の外ではサンセヴェリナがエルネスト五世に、彼の恋がのぞむ最も幸福なものをあたえる約束でファブリスの赦免をとりつけ、牢の中ではクレリアが身を挺《てい》してファブリスを救い、幸福の極致の瞬間をもつ。

ファブリスは釈放され、パルマ公国の司教補佐になり、名説教師の名をほしいままにする。サンセヴェリナは大公への約束をはたしたのち、モスカ伯と結婚する。もはやファブリスを陽の光の下では見ないと聖母マリアに誓っていたクレリアは、クレセンチ侯爵と結婚するが、夜ごと闇の中で愛人をむかえ、三年間「この世のものでない幸福」をわかちあう。ファブリスは、二歳になる男の子サンドリーヌが常にクレセンチ侯爵の膝にいるのに耐えられず、子供を誘拐し、死んだと思わせる策にでる。モスカの手のものがクレセンチ侯爵の自由を奪っている数日間に子供は誘拐されたが、やがてほんとうに死ぬ。クレリアはこれを聖母への誓いを守らず、灯の光で、さらには日中にもファブリスと愛しあった報いと知り、やがて息子のあとを追う。ファブリスはパルマ（フランス語ではパルム）の僧院に引退した。

一八三九年三月八日、モレ伯は総理を辞める。スタンダールは六月二四日、パリを発って任地にむかう。シエナを経て八月一〇日チヴィタヴェッキア。仕事はパリで構想していた小説『ラミエル』恋人はジウリアと、アーラインというおそらくはチニ伯爵夫人であろうと思われる英語名前の女性である。

バルザックへの手紙

九月二五日、バルザックは同日付の『ルヴュ・バリジエンヌ誌』第三号に『ベール氏研究』と題する長文の批評を発表、『パルムの僧院』を激賞し、構成と文体について懇切な忠告をあたえる。雑誌は一〇月一四日の船でチヴィタヴェッキアに着き、一読してスタンダールは狂喜した。バルザックへの返信は、三つの草稿が残っているが現物はなく、とどいたかどうかも疑問である。三通の草稿には、いずれも「あなたは街にすてられた一人の孤児に憐れみをお感じになりました」という言葉がある。スタンダールの感激は想像できる。このバルザックの批評とスタンダールの返信は、二人の創作観の違いを如実にしめす資料である。緊密な構成を重視するバルザックは、パルマ公国での劇的な政治葛藤の描写を高く評価し、モスカやサンセヴェリナの性格描写を激賞したが、例えばブラネス師を不要と見た。スタンダールは返信のなかで書く。

「『僧院』を口述するとき、私は考えていました。想のわくままに書いたものをそのまま印刷すれば、それだけ真実で、それだけ自然で、一八八〇年の人々に好かれるようになるのだ、と」

スタンダールはバルザックの忠告をいれて、『パルムの僧院』の改訂を始める。しかし、一八四一年二月九日、『パルムの僧院』第三章について「一七九六年のミラノの心温まる描写とピエトラネーラ夫人の性格を尊重して、最初の部分を現在のままの順にしておく」とし、そして一八四二年一月一八日には「ブラネス師有用」とメモする。死の二か月前である。バルザックが不要としたもの、それはスタンダールが湧きあがる幸福感をこめて、最も書きたかったいくつかの個所であった。

バルザックへの返信の三つの草稿でスタンダールは、サンセヴェリナ侯爵夫人は「コレッジョから写した」とくり返し、はじめの二つでは「ばかなことを言いますが」「あえてたわごとを申し上げますが」と遠慮しながらそう言っている。光と影の柔らかな扱い、官能的な色彩の優雅な女性像を描いて、コレッジョはスタンダールの最も愛した画家であり、絵画におけるチマローザだった。

しかしサンセヴェリナ侯爵夫人、あの美わしのヘロディアスは、その力と激しさで遥かにコレッジョの描く女性を超える。言ってみれば崇高化されたコレッジョであり、スタンダールの新しい造形であった。

終章 《VISSE, SCRISSE, AMO》

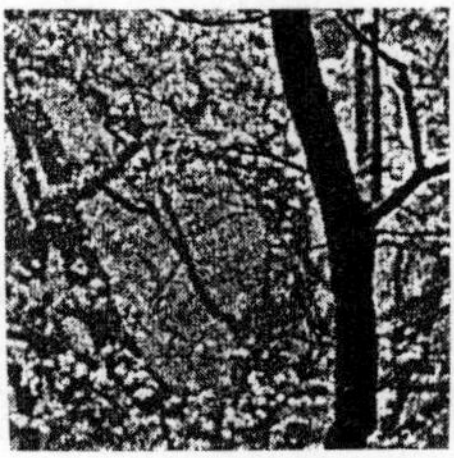

『ラミエル』と死の影

決定稿のない『ラミエル』 一八三九年四月一三日、スタンダールはパリのバスチーユ広場近くからのった乗合馬車のなかで、むかいあってすわった若い女性から、二年前にロワール河の船上で出あったグリーンの帽子の女性からうけたのとおなじ激しい印象をうけた。『ラミエル』の着想である。五月一六日には主要登場人物のリストを作る。そして一二月三日、現存の『ラミエル』の最後の輪郭を完成した。第一部はノルマンディー、コタンタン半島のつけねあたりの架空の町カルヴィル、第二部はパリ。その後はほとんど加筆せず、未完のまま放置された。

カルヴィルの教会の小吏、聖歌隊員、教師オートマール夫妻には子供がない。小金をためたが親類にも気に入った子供はなく、孤児院から種痘のすんだ四歳の女の子ラミエルを養女にする。彼女は一二歳ですでに退屈を感じ、一八世紀の盗賊マンダランやカルトゥーシュの物語に夢中になり、養父母を愚かしい存在だと思っている。一五歳のとき、カルヴィルの城館にすむ貴族ミオサンス公爵未亡人が眼の疲労をうったえる。ラミエルは彼女のための新聞や本の朗読役として城館にすみこむ。過度の朗読と自由のない生活で彼女は病気になる。サンファン医師が呼ばれる。美しい眼、優れた知力、しかしおそろしいほどの傴僂《うる》であり、虚栄心のために時に狂気の行為に走る暗いグロテスクな人物である。彼は彼女の教育を始める。彼の目的はラミエルに彼を愛させ、彼自身はミオサンス公爵未亡人にとってなくてはならぬ存在になり、やがてこの未亡人と結婚することである。

ラミエルの濫読がはじまる。ルサージュの冒険小説『ジル・ブラス』に夢中になる。娘は森へ行ってはいけないという司祭の教えに反発して、彼女の恋と性への好奇心はつのり、農民の男に金をやり、初体験をする。彼女はミオサンス夫人の息子フェドール（プランによってはセザール）を誘拐してルアンで同棲するが、彼を捨ててパリにで、リヴォリ街のホテルで、同じホテルに住むナポレオン軍の勇将ドビニェ将軍の息子で競馬狂のドビニェ伯爵（プランによってはネルヴァンド）を知り、礼儀正しいだけの「人形」ではないのが気にいる。伯爵はシャンティイーの競馬で破産するが姉の援助で復活し、ラミエルをオペラ座へつれて行く。彼女はパリの社交界の花形になり、ヴァリエテ座の若い女優カイヨと親しくなる。ラミエルはドビニェ伯爵を苦しめるためにラ・ヴェルネ侯爵と親しくする。そして……

一八三九年一一月二五日のプランによれば、ラミエルは盗賊ヴァルベルを恋し（彼女の退屈は癒される。「真実の恋とともに興味が生れる」）、ミオサンス公爵に再会し、彼を金づるにしてヴァルベルの役にたとうとする。ヴァルベルは殺人鬼ラスネルのように手あたりしだいに人を殺し、捕えられ、死刑を宣告され、自殺する。ラミエルは復讐のため裁判所に放火し、その火の中で死ぬ、という筋が考えられていた。しかし全貌は確定できない。以上の梗概《こうがい》もアンリ・マルチノー氏の編集に従ったものだが、氏は一八四〇年にスタンダールが口述した部分の後に一八三九年の自筆原稿の一部分をつなぎ、適当に章分けするという、テクストの校訂としては疑問の残る処理をした。『ラミエル』の邦訳はこのテクストによっており、一般の日本人読者にはそれしか材料がない。だから以上の梗概は無用ではないが、これが『ラミエル』の決定稿だとは言えないという保留もご理解いただけるだろう。

スタンダールの健康は衰えていた。すでに数年前から二度「頭の中で右側に倒れそうな感じ」があった。一八四一年二月一一日には意識明瞭のまま一時的な記憶喪失と失語症、そして三月一五日、脳卒中の発作で数日間生死のさかいをさまよう。四月五日のディ・フィオリへの手紙で「虚無と襟首をつかみあった」と書き、四月一九日には「回復したいとは思っています、しかしこの手紙が最後になるかもしれないと思い、あなたにお別れをしておきます」と記す。七月、フランスの画家フランソワ・ブーショの妻ブーショ夫人（当時画家アンリ・レーマンの恋人）がビザ取得のためにおとずれる。レーマンは八月八日、鉛筆でスタンダールの肖像を描く。その肖像画の下に「八月二日、このチヴィタヴェッキアの砂漠のような生活のなかのオアシス」というスタンダールのメモがある。ブーショ夫人との性関係であろう。そして八月一三日の夜、フィレンツェで会った女性がジウリアであれば、それが二人の最後の夜であった。

一〇月二二日、病後の休暇をえたスタンダールはチヴィタヴェッキアを発ってパリへむかった。一一月八日パリに着き、やがてヴァンドーム広場の近く、ヌーヴ－デ－プチ－シャン街七八番地、現在のダニエル－カザノヴァ街二二番地のオテル・ド・ナントに宿をとった。

一一月一〇日、一八二九年からの知人であるアレクサンドル・トゥルゲーネフ（ロシアの作家トゥルゲーネフの叔父）はアンスロ夫人邸でスタンダールに会い、日記に「ふけたし、たぶん知力もおとろえたが、以前そのままの機知をしめしている」と記す。ロマン・コロンも日付は不詳だがこう書いている。

「私は、彼からうけた惨めな印象をかくすのに骨がおれた。肉体も精神も著しく弱っているようだった。性格は眼に見えてかわり、いわば老い呆けた感じだった。人との交際でしなければならぬ細かいことはよくわかり、以前よりきちんとするようになった。前よりも打ちとけ、情が深くなり、要するに人づきがよくなった」

一八四一年から四二年、パリでの仕事はバルザックの意見をいれた『パルムの僧院』の改訂である。四二年三月九日、医師の禁止をおかして本格的な執筆活動を再開し、イタリア古文書の『スコラスチカ尼』の口述がつづく。三月二一日、『両世界評論誌』の編集次長ボネールと同誌に『スコラスチカ尼』『ユダヤ女性ヴァンゲン嬢』『過ぎたる寵は死をまねく』（邦訳名『深情け』）『サン・チミエの騎士』を発表する契約をむすぶ。三月二二日午前、『スコラスチカ尼』を数ページ口述し、午後七時ごろ、脳卒中のため、ヌーヴ－デ－キャピュシーヌ街八四番地、現在のダニエル－カザノヴァ街とオペラ座前にでるラ－ペ街の角で倒れる。オテル・ド・ナントから約二五〇メートル。通行人が近くの店にかつぎこんだ二〇分後、コロンが「虫の知らせ」で通りかかり、ホテルに運んだ。そしてコロンの証言によれば「一八四二年三月二四日、午前二時、まったく苦しむことなく、一言も発せず、五九歳一か月と二八日で、最後の息をひきとる」同日正午、近くのアソンプシオン教会で法要の後、遺体をモンマルトルの墓地に送った。メリメの回想録『H・B』によれば、埋葬にたちあったのはメリメ、コロン、一八二六年からの知友ジュネーヴの陶芸家コンスタンタン、その他一名。当時の風習で女性は墓地まで同行しなかったが、パリで訃報に接したはずの女性は、妹ポーリーヌ、ジュル・ゴーチエ夫人、アルベルト・ド・リュバンプレ、アンスロ夫人である。

墓碑銘の意味

モーツァルトとメランコリー

エゴチスムと音楽の接点　スタンダールは、その生涯に書いた三六の遺書の何通かと『エゴチスムの回想』のなかで、パリの郊外モンモランシーの谷間、アンディイーの墓地に葬られることを希望していた。しかし一八三七年九月二七日には、アンディイーの墓地が高価な場合は、パリ市内モンマルトル墓地の「眺めのよい所に、ウドゥト家（当主フレデリック＝クリストフ・ウドゥトは王政復古下の知事で、ディ・フィオリやモレ伯も友人）の墓に近く」（ダリュ夫人の墓も近い）「ふつうの大理石に、ただ Arrigo Beyle Milanese ／ Visse, Scrisse, Amo ／ mordi di anni ……（ミラノの人アリゴ・ベーレ、生きた、書いた、恋した、……歿）」と刻むことを希望すると付記していた。スタンダールの死にあたり、コロンは、突然のことでもあり、経費のことも考えて、モンマルトル墓地の傾斜地に義母が三年前に買ってあった場所を譲りうけ、そこにスタンダールの墓をたてた。しかしパリの発展のため、一八六三年、墓地の上にコーランクール橋という陸橋がかかり、墓は鉄の橋桁の下になった。一八九二年、スタンダールの歿後五〇年を記念して、スタンダール研究家シェラミ、ストリヤンスキーほか、作家バレス、ブルジェ、デュマ・フィス、アレヴィなどの醵金《きょきん》によって墓碑を改修したが、墓を移すには到らなかった。その後、騒音と都塵のなかの墓はスタンダールにふさわしくないという声が高く、一九六二年三月二三日、スタンダールの歿後一二〇年を記念して、デル・リット氏の発議、フランス文部省、イゼール県庁、グルノーブル市役所および多数のスタンダール研究家、愛好家の醵金により、墓はモンマルトル墓地の中央に近く、静かで明るい木陰に移されて今日に到っている。墓碑は一八九二年に改修のままで、上部にダヴィッド・ダンジェ作のブロンズのプロフィルを配し、他は大部分、

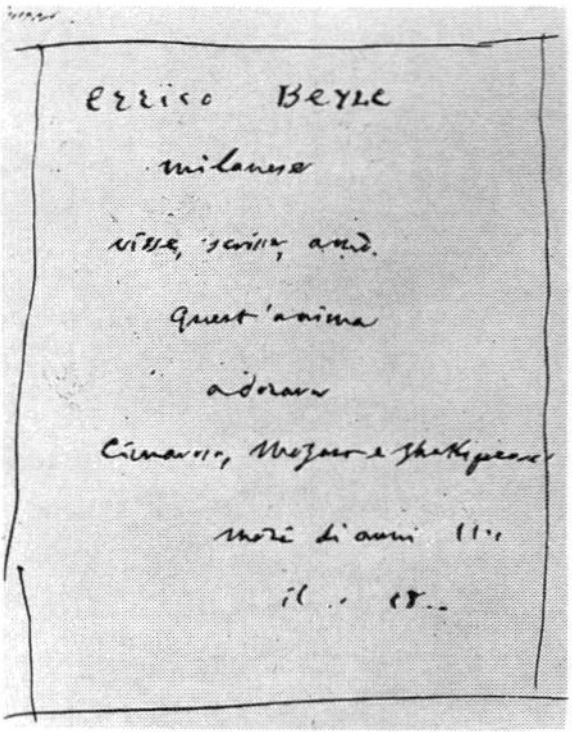
墓碑銘のひとつ

コロンが建てた墓碑の石材を用いている。墓碑名は、ロマン・コロンの判断で、スタンダールが第三五、三六の遺書で指定したものと若干異なり、VISSE, SCRISSE, AMO（生きた、書いた、恋した）が SCRISSE, AMO, VISSE（書いた、恋した、生きた）の順になり、また『エゴチスムの回想』で自選した QUEST'ANIMA ADORAVA CIMAROSA, MOZART E SHAKESPEARE「その魂の熱愛せるはチマローザ、モーツァルト、シェークスピア」という銘文はない。もっともスタンダール自身、一八四〇年九月二八日の第三六の遺書で、三七年の第三五の遺書をうけ、さらに「月並みな賛辞など一切なしに」刻ませることを要求していた。経済的な理由もあったかと思われる書き方である。

　スタンダールは、この一八二〇年に選んだ碑文に、どれほどの思いをこめていたか。チマローザとシェークスピアについては何度か触れた。それではスタンダールはモーツァルトになにを

愛したのか。

一七九七年、一四歳の少年アンリ・ベールの心をとらえた旅まわりの女優キュブリー嬢のことをご記憶であろう。『アンリ・ブリュラールの生涯』は言う。

「彼女はその貧弱な小さな声で、ガヴォーの『無効の契約』のなかで歌っていた。あのとき私の音楽への愛がはじまったのだが、これは私の情熱のうちで最も強い、最も金のかかったものであり、それは五二歳の現在まで続いていて、しかもかつてなく激しい。『ドン・ジョヴァンニ』や『秘密の結婚』を聞くためなら、私は何里の道を徒歩でゆかないであろうか、また何日の刑務所生活を自分に科さないであろうか、そしてなにか他のことのために同じ努力をするであろうか」

『ドン・ジョヴァンニ』がモーツァルトの歌劇であることは言うまでもない。スタンダールが愛をこめてチマローザを語るとき、つねに同じ意味の場にモーツァルトが現われることは興味ぶかい。

「白状すれば、完璧に美しいと思うのは、ただ二人の作曲家チマローザとモーツァルトの歌曲だけである。正直にどちらが好きか言わされるのなら、首をくくられる方がまだましだ。(……)モーツァルトかチマローザを聞いた後では、いつもいま聞いた方がすこしよいように思われる」

そしてこの『アンリ・ブリュラールの生涯』の同じ章で、スタンダールはさらにモーツァルトへの愛を確認している。

「好演の『ドン・ジョヴァンニ』を聞くためなら、私はこの世でいちばん嫌なこと、一〇里の泥道を徒歩でゆくことさえするであろう。だれかがイタリア語で『ドン・ジョヴァンニ』の一言を発音すると、即座にその音楽の優しい思い出がうかんできて、私の心を奪ってしまう」

チマローザを限りなく愛し、『ロッシーニ伝』のなかでチマローザのオペラ・ブッファを「今日にいたるまで人間の最も完成の域に近づいた作品」と評価しながら、そのおなじ『ロッシーニ伝』の第一六章『セビーリャの理髪師』のなかで、スタンダールは『秘密の結婚』について「絶望も不幸も甘ったるいバラ香水で表現されている」として、「不幸の描写において我々は一七九三年(『秘密の結婚』初演の年)より進歩したのだ」と書く。モーツァルトはどうか。

「モーツァルトは楽しませはしない。それは真剣で、しばしば悲しい面もちの、しかしまさにその悲しげな様子のために、さらに好きになる恋人のようなものだ」[これに反して]「ロッシーニは悲しいことは稀である。しかし物思いにしずんだ悲しみのニュアンスひとつない音楽とはいったい何であろうか。《*I am never merry when I hear sweet music.*》(『ヴェニスの商人』)と、人の情念の秘密を最もよく知った近代の詩人の一人、『シンベリン』と『オセロ』の著者は言った」

　モーツァルトを、すでにスタンダールは『ハイドン伝』のなかで、「甘美なメランコリーの天才」と呼んだ。『ロッシーニ伝』では、モーツァルトの音楽を「人の心にメランコリックなイメージ、情熱のうちで最も愛すべく最も優しい情熱の数々の不幸を思わせるイメージを提示して、感動させるべく作られている」と書く。スタンダールはモーツァルトのメランコリーに深い共感をいだく。メランコリーはスタンダールの「恋」、つねに不幸な恋の特性だからである。『リュシヤン・ルーヴェン』の「緑の猟人亭」のカフェ・テラスでジプシーのホルン奏者たちが演奏していた「甘く、素朴な、ちょっとテンポのゆるい、優しい、心をうばう音楽」は、次の場面ではドイツの奏者たちのモーツァルトのワルツになり、続いて『ドン・ジョヴァンニ』と『フィガロの結婚』から抜粋した二重奏曲になる。『ドン・ジョヴァンニ』にはスタンダールが愛する一節がある。第一幕でドン・ジョヴァンニとゼルリーナのあいだで歌われるイタリア語の小二重唱である。

　　Là ci darem la mano,
あそこで手に手をとりあおう
　　Là mi dirai di si……
あそこで、いいわと言うんだよ

夜がせまり、リュシヤンとシャステレル夫人が腕をくんで馬車にむかう。遠く聞えるジプシーのホルンは快く、あたりは静まりかえっている。リュシヤンは召使を送って楽師たちに『ドン・ジョヴァンニ』と『フィガロの結婚』を、もう一度はじめるように言わせ、ふたたびシャステレル夫人の腕をとった。

「恋」はスタンダールの永遠のテーマであった。また彼は一生、不幸な恋人の状態にあり、彼が音楽を必要とするのは、そういう愁いの時であった。傷に最も優しいのは『秘密の結婚』である。クレリアの結婚がファブリスにとってどれだけの打撃であったかは想像できる。しかしパルマ大公妃殿下の誕生日の大夜会には出なければならず、その席でクレリアに会うという責苦にたえねばならない。そのとき彼を救うのはP夫人の歌うチマローザの一節《*Quelle pupille tenere !*》（いと優しの瞳よ！）である。P夫人はパスタ夫人以外ではありえないし、これはチマローザのオペラ・セリア《*Gli Orazi e Curiazi*》の一節である。タイトルはイタリア語読みでなくフランス語読みにすれば読者の記憶をよびおこすかもしれないが『オラース兄弟とキュリアス兄弟』。これを聞いてファブリスは涙にくれ、涙でなぐさめられて完全な安らぎに達する。

『赤と黒』第二部三〇章で、互いに恋心をつのらせながら突っ張りあっているジュリヤンとマチルドは、オペラ・ブッファ座の別々の桟敷にいる。ジュリヤンはフェルバック元帥夫人の桟敷の片隅にかくれ、チマローザの『秘密の結婚』、カロリーナの悲嘆の絶唱をきいて涙にくれる。彼はラ・モール家の桟敷を見る。「マチルドが見えた。その眼は涙で光っていた」

『秘密の結婚』と『ドン・ジョヴァンニ』

スタンダールは、ほとんど楽譜が読めなかった。以下はいずれも『アンリ・ブリュラールの生涯』の一節である。

「しかし自分では、音符は楽想を書く技術にすぎず、大事なことは楽想をもつことだと思っていた。そして自分にはそれがあると思っていた。愉快なことだが、私は今日でもまだそう思っていて、パリを去ってナポリへゆき、パイジェッロの従僕にならなかったことを、たびたび残念に思ったことがある」

「偶然、私は、自分の心の響きを印刷した紙によって記すことになった。怠惰と、音楽の形而下的な面、音楽の下らぬ面、すなわちピアノを弾き、自分の楽想を記すことを学ばなかったことが私の方向を定めた大きな理由だったが、もし音楽好きの叔父か恋人があったら、それはまったく別なものになっていただろう。情熱のほうは、まったくそのまま残っている」

ロマン・ロランはスタンダールが生涯を通じて、自分は余儀ない事情で文学に迷いこんだ、なりそこないの音楽家であると本気で考えていた事実を重視している。音楽はスタンダールにとって夢想の糧である。「よい音楽は、そのとき私の心をしめているものについて、このうえなく楽しい夢想に耽《ふけ》らせてくれる」ものであり、音楽はそれが彼の心によびおこすものによって貴重になる。この自己中心の音楽観は、スタンダールのなかで恋と文学と音楽と絵画をつらぬいている「自我」であり、アンジェラ－メチルド－ヘロディアスと、シェークスピア－チマローザ－モーツァルト－コレッジョの間に彼がひいた親和力の糸である。すべては、くり返すが、自分の視線にものをのせて書く「エゴチスム」の手法によって、あるいは小説となり、旅行記となり、評論となり、日記となり、自伝となって現われる。そしてこの秘やかで激しい自己の営みを、この繊細すぎる魂を、彼は一生かくそうとした。そこに偽名と変身の願望があり、高貴な含羞《がんしゅう》があり、乾いた文体があり、明澄な声があったが、同時代の人々はそれを理解しなかった。

あとがき

しばらくは旧稿『スタンダール研究』の「あとがき」にそって筆をすすめることをお許しいただきたい。グルノーブルの北々東七二キロ、ローヌ河がレマン湖を出て、ジュラの山麓をまわって北西におれ、ようやくリヨンにむけてゆるやかに流れくだろうとするあたり、左岸の低い丘の上にブラングという村がある。一八二七年七月二二日、この村の教会で、アントワーヌ・ベルテという青年がミシュー・ド・ラ・トゥール夫人をピストルで撃つ。『赤と黒』のヒントの一つとなった事件である。教会はその後あたらしく建てかえられ、往時をしのぶものとしては、ミシュー・ド・ラ・トゥール家の邸とベルテの父の家しかない。そのブラングの村を一九八五年八月九日の午後二時すぎ、私はデル・リット氏とともに歩いていた。家々の小石まじりの土壁には亀裂がはしり、太陽は黒ずんだ赤い桟瓦の屋根を灼いて、どこからか堆肥と牛糞の臭いがただよってくる。出あったのは三人の村童だけ、カフェも食料品店もみあたらず、どういうわけか菓子屋が一軒店をあけているにすぎない。教会前の広場から東と北を見れば、ジュラの山なみが地平をかぎり、南と西を望めば、リヨンまでのびる長大な緩斜面がひろがっている。人声どころか物音ひとつしない。国道も県道もはるかに遠く、ぬけるほどの青空の下に、村は寂寞として静かである。「こういう村に、あの時代に、ラテン語のできる青年がいたということが、どういうことかわかりますか」と、デル・リット氏は私に言った。

ここからは、さらに、本書の冒頭と重複する個所があることをご了承いただきたい。私は本書をそのように構想した。スタンダールにならったエゴチスムとお考え下されば幸いである。

その日の夕方、私たちは、グルノーブルの南西にそびえるヴェルコール高原、第二次大戦でフランス・レジスタンスの最大の拠点だったヴェルコール高原の一角、海抜一二〇〇メートルのサン＝ニジエ＝デュ＝ムシュロットの展望台へと、断崖にそって車を走らせていた。とあるカーブをまがりながらデル・リット氏は言った。「ジャン・プレヴォは、町へ連絡にでようとして、ここで独軍の機関銃にやられたのです。この天険も小銃と手榴弾だけでは守りきれなかった。それにジャン・プレヴォも不用意だった」そして短い沈黙の後に、氏は続けた。「きみが着いたのは五日でしたね、六日の朝、町でなにか見たでしょう」それは広島の記念日であった。歩道のあちこちに、人の倒れ伏した姿が、熱線で焼きつけられた感じで白い塗料でふちどられ、6　AOUT　1945（一九四五年八月六日）と書きそえてある。それを市の清掃車が高圧ポンプの水で洗い流していた。「見ました、そして明日は長崎の記念日です」

午後五時すぎ、私たちはサン＝ニジエ＝デュ＝ムシュロットの展望台に立っていた。北東に、はるか天空の彼方に、ただひとつ陽光をあびて白光を放っているのはモン＝ブランであり、南東に近々と二八五七メートルの円頂に雪をいただいているのは、スタンダールが『アンリ・ブリュラールの生涯』と『ある旅行者の手記』にその名を記したタイユフェールの峰である。そして眼下に、約一〇〇〇メートルの高度差で、グルノーブルの町がイゼールの谷間に紫色に煙っていた。母を恋し、母の死の原因が父にあったことを子供心に知って、父とこの谷間の町を蛇蝎《だかつ》のごとく嫌った少年アンリ・ベールは、ただこの町を去ってパリに出るために数学を学び、理工科学校の試験に合格し、入学のため、じつは「新しきモリエール」「フランスのシェークスピア」になるために、一人駅馬車にのり、今もそこにあるフランス門（この城門をでれば道はフランスに通じるの意）を通って、勇躍パリへむかったのである。

夕暮にはまだほど遠い時間だが、パリの方角の空はせまく、わずかに色あせはじめていた。頭上に南からのびてきている紺碧の空は、二〇〇キロ彼方の地中海の青を映すかに見えて鮮やかであった。私は学生のころ、一七歳のアンリ・ベールとほぼ同じ経路でイタリアに入った朝を思い出していた。圧倒的な陽光の氾濫、猛々しい緑、香しい大気。そして私は通りすがりの褐色の髪の若い色白な女性の言葉をきいた。それは私にとってはじめてのイタリア語だった。彼女の声は、ほとんど肉感的な喜びを私にあたえた。「春のある快い朝、ミラノに入ったとき、そしてなんという春！この世のなんという土地か！」

展望台からグルノーブルの町を見おろしながら「この景色を、ぜひきみに見せておきたかった」

とデル・リット氏は言った。そしてグルノーブルへの道を下りながら私にたずねた。「筑波の科学万博は未来社会を現出しているというが、本当ですか、いや、あなたがた日本人には――プロシア‐ドイツの轍《てつ》をふんで原爆の惨禍にあい、いまや工業大国として未来を具現しようとして、孜々《しし》として働く日本人と、彼は言っているのであった――あなたがた日本人には、スタンダールの幸福というものがわかるのだろうか」私は、なぜその二年前、スタンダールの生誕二〇〇年記念行事の一環として日本を訪れたデル・リット氏が、日本の雑踏に眼を奪われながら、わずか二週間の滞在期間中に、執拗なほど日本人の生活を知りたいとくり返していたかを理解した。そしてあのブラングの村の静寂とグルノーブルの町を見おろす景観は、デル・リット氏が私にかけた謎であり宿題であると考えてよいと思った。私は遠くないイタリアの空を想い、『アンリ・ブリュラールの生涯』の最後の章と『パルムの僧院』の冒頭を考えていた。しかしそれだけでは答えにならなかった。

　本書は「人と思想」というシリーズの一環として書かれた。しかし私は始めから、最近のフランス語の仕事、「ロマンティックという名の優しい崇高」《Sublime tendre nommé romantique》を糸口にスタンダールの「幸福」というものを考え、積年の宿題に答えようと考えていた。デル・リット先生は日本語をご存じないし、私にはこの本をフランス語で書きなおす時間がないが、レジュメぐらいはお届けできるし、なによりもこの仕事を先生に献呈することはできる。最後に、この一〇年ほどフランス語での仕事にあけくれ、日本語でまとまったものを書くことのなかった私に、こういう機会をおあたえくださった辻昶先生にあつくお礼申し上げたい。

スタンダール年譜

西暦	年齢	*VISSE, SCRISSE, AMO*	参考事項
1783	1	1・23、グルノーブルのヴィユ＝ジェジュイット街でマリ＝アンリ・ベール（後のスタンダール）誕生。父シェリュバン・ベールは高等法院弁護士、母はアンリエット・ガニョン。	
'86	3	3・21、妹ポーリーヌ誕生。彼女は一八〇八年フランソワ＝ダニエル＝ペリエ・ラグランジュと結婚、一六年寡婦。	
'88	5		6月、フランス革命前夜、グルノーブルで「屋根瓦の日」
'89	6		フランス革命。
1790	7	11・23、母アンリエット歿。冷たい父と、信心家の叔母セラフィーと、家庭教師ライヤンヌ師の圧政。慰めは母方の祖父で医師アンリ・ガニョン博士宅での時間。この祖父がスタンダールの知的形成を決定する。大伯母エリザベトはスペイン風の高貴な女性。彼は一八三五年に書く「私は自分をガニョン家のものだと思っていた。ベール家の人のことを思うと嫌悪感をおぼえるだけであった」	93年1月、ルイ一六世処刑。4月、人民代表アマールとメルリノ、グルノーブル到着。8〜10月、リヨン砲撃戦。
'96	13	11・21、グルノーブルに中央学校開設、同日入学。	
'97	14	1・9、叔母セラフィー歿。	

年	年齢	事項	関連事項
1799	16	11月、キュブリー嬢来演、少年の初恋。 9・16、中央学校を数学の一等賞をえて卒業。 11・5、グルーノブル発。11・10、パリ着、病気。12月末からダリュ家。（リル街五〇五番地）	ラ・アルプ『文学講義』刊行開始。
1800	17	1月末〜2月上旬、ピエル・ダリュ、彼を陸軍省に入れる。 2・23、美術学校に登録しルニョーにつく。 5・7、ナポレオン軍の第二次イタリア遠征軍に編入されて、パリ発。 5・24、レマン湖畔ロル、教会の鐘の音に幸福の一瞬。 6・1、イヴレア、チマローザの『秘密の結婚』。 6・10、ミラノ着。9・23、騎兵小尉に仮任官。この年同僚からその恋人アンジェラ・ピエトラグリュアに紹介され彼女に恋。	
1801	18	2・11、騎兵小尉に任官。3・7、喜劇『とりちがい』を執筆。 6・12、ゴルドーニの喜劇『ゼリンダとリンドロの恋』の翻訳を完成。 10〜11月、前年ミラノ到着早々にえた梅毒のため病臥。 12・3、五幕韻文喜劇『当世夫婦気質』の草案を執筆。 12月末、病後の休暇をえてグルノーブルへ。	トラシー『観念学要綱』第一部 ランスラン『思考の科学入門』 シャトーブリアン『アタラ』
1802	19	7月、辞表提出。一八〇五年まで、〇三年六月—〇四年三月のグルノーブル滞在以外は、パリで劇作家になるための猛勉強。叙事詩（『ラ・ファルサール』）悲劇（『ユリシーズ』『ハムレット』）喜劇（『二人の男』『ルテリエ』）はすべて完成に到らず。	

'03	20		トラシー『観念学要綱』第二部
'04	21		12月、ナポレオン戴冠式。
1805	22	メラニー・ギルベールへの恋と、銀行家になる夢想。7月末マルセーユ着、同地でメラニーと同棲、食料品店の店員となる。	10月、トラファルガー沖の海戦。 12月、ナポレオン、アウステルリッツで連合軍に大勝。
1806	23	メラニーに飽き、商売も不振。10月、ナポレオンのプロシア・ロシア戦役に参加、臨時陸軍主計官補としてブラウンシュヴァイクに赴任。	
1807	24	主としてブラウンシュヴァイク滞在、「オッカー県内皇帝陛下直轄領代官」。ドイツ人からは殿下とよばれる。土地の貴族シュトロンベックとの交友、貴族ヴィルヘルミーネ・フォン・グリースハイム嬢への恋。イギリスの史書を多読、『スペイン継承戦役史』を執筆。	スタール夫人『コリンヌ』 ナポレオン、ティルジットでロシアと和議。
1808	25		フランス軍マドリッドの反乱を鎮圧「五月二日の虐殺」
1809	26	3月、陸軍主計官としてオーストリア戦役に参加。5〜11月ウィーン、二つの陸軍病院の計理を担当。6・15、ハイドン（5・31歿）のためのミサでモーツァルトの『レクイエム』を聞く。10月、ピエル・ダリュ夫人ウィーン来訪、彼女への恋。	5月、ナポレオン軍ウィーンを占領。
1810	27	1月パリ帰任、マルサス『人口論』、J＝B・セー『富の人口と幸福に及ぼす影響』などの読書。7月国務院出仕心得、8月帝	

		室財務監査官（フォンテーヌブロー宮関係）に就任。ナポレオン美術館（ルーヴル）目録作成監修。	
1811	28	ピエル・ダリュ夫人への恋、オペラ・ブッファの第二歌手アンジェリーヌ・ベレーテルと同棲。 4～5月、友人フェリックス・フォール、ルイ・クロゼとルアン、ル・アーヴルへ旅行、はじめて海を見るが感動せず。 8～11月、イタリア旅行。ミラノ、ボローニャ、フィレンツェ、ローマ、ナポリ、ポンペイ、アンコナ。ミラノで一〇年前からの純愛の対象アンジェラ・ピエトラグリュアを獲得。イタリア旅行中『イタリア絵画史』着想、パリで着手。	
1812	29	6～7月『イタリア絵画史』の他はプランシー＝シュル＝オーブに土木技師として滞在中のクロゼと文体の研究。 7・23、ロシアへ出発の命をうけ、皇后に拝謁、皇帝あての親書をもってパリ発。 9・14、ナポレオン軍とともにモスクワ入城。滞在中、『ルテリエ』についていくつかの重要なメモ。 10・16、退却用食料調達の命をうけ、ナポレオン軍本隊に先だってモスクワ発。 12・30、橇《そり》でケーニッヒスベルグ発ダンチヒへ。	9・5～7、ロシア軍ボロジノでナポレオン軍を迎撃。 9・14、ナポレオン軍モスクワ入城。 9・15～18、モスクワ大火。 10・19、ナポレオン軍退却開始。
1813	30	1・31、疲労困憊してパリ帰着。しかし「家にこもっている文人には千年かかっても分らないものを見、感じた」。4～8月ドイツ戦役、シレジアのシャガンで経理事務、病をえてドレスデ	9・20、祖父アンリ・ガニョン八五歳で歿。 シスモンディ『ヨーロッパ南部の文

		ンで加療。 9～11月、病後の休暇でミラノ滞在、アンジェラに再会、逢引のあいまにモリエール研究。 12月、元老院議員サン＝ヴァリエ伯の補佐官としてドフィネ地方防備軍編成。	学』シュレゲール『劇文学講義』バイロン『アバイドスの花嫁』『異端者』ロッシーニ『タンクレディ』『アルジェリアのイタリア女』
1814	31	1～2月、グルノーブル、シャンベリー、過労、故郷の低劣さ。 3・27～7・20、パリ滞在、連合軍のパリ入城を目撃。心痛を癒すための仕事『ハイドン、モーツァルト、メタスターシオ伝』。国務院解散、「すべてを売り払って」イタリアへ行く決心。 8・10、ミラノ着。モスクワ遠征の帰途に紛失の『イタリア絵画史』の書きなおし。金銭的苦労、健康不調、精神的孤独、加えてアンジェラの不実。 8・29～10・13、ジェノヴァ、リヴォルノ、フィレンツェ、ボローニャ、パルマへの旅。	3・30、パリ降服。 4・6、ナポレオン退位。 4・20、ピエモンテのカルロ・エマヌエレ四世の大臣プラナ、ミラノの街頭で民衆により虐殺。 5・4、ナポレオン、エルバ島到着。 10・1、タレラン、ウィーン会議の開催を要求。
1815	32	1・14、トリノでダリュ夫人の死（1・6）を知り『イタリア絵画史』原稿の表紙に《*To the ever lasting memory of Milady Alexandra Z.*》と記す。 1・28、処女作『ハイドン伝』発売、売行きは悪く、一七年には表紙を改め、表題を『ハイドン、モーツァルト、メタスターシオ伝』とし、著者名なしで発行。 3・5、ナポレオンの帰国を知るがミラノを動かず。 7・19、パリ陥落を知る「すべては失われた、名誉までも」	3・1、ナポレオン、ジュアン湾に上陸。3・20パリ着、百日天下開始。6・18、ワーテルローの戦。 6・22、ナポレオン、二度目の退位。7・3、パリ降伏。 7・8、第二王政復古。 7～9月、白色テロ。 8月「またと見出しがたい議会」

		7・25、ナポレオンなきあとのフランスを諷して「蠟燭けし」(『ルテリエ』の別タイトル)の絵を描き、「生れて初めて愛国心を感じた」と記す。 12・22、アンジェラと訣別。	9・26、神聖同盟成立。 10・13、前ナポリ王ミュラ銃殺。 10・16、ナポレオン、セント-ヘレナ上陸。12・7、ナポレオン軍のネー将軍銃殺。
1816	33	4・5～6・19、グルノーブル滞在、ディディエ事件を目撃。 7月からミラノ。 8・12、『ルテリエ』の草稿を再読、場面が多すぎることに気づき、また「ロマンティックという名の優しい崇高」という表現で、はじめてロマンティックというものを具体的に示す。 12・13～31、ローマ滞在、ヴァチカンのシスティナ礼拝堂研究。 12・31、クロゼへの手紙でスタール夫人の『フランス革命主要事件考』と『イタリア絵画史』との同時発売を懸念。	5・4～5、ディディエの反乱。 5・16、共犯者ダヴィッド、グルネット広場で処刑。 6・10、ディディエ、グルネット広場で処刑。 9・5「またと見出しがたい議会」解散。 ロッシーニ『セビーリャの理髪師』『オテロ』
1817	34	1・13、システィナ礼拝堂で『イタリア絵画史』第一五三章を執筆。 1・21、ミケランジェロの『最後の審判』の部分を執筆。 3月頃『一八一七年のローマ、ナポリ、フィレンツェ』の執筆開始。 5月～7月パリ滞在。 8月上旬ロンドン滞在、8月下旬パリ滞在。 8・2、『イタリア絵画史』発売。	2月、ミラノでロマン主義論争開始。 6月、リヨンで暴徒反乱。

1818

35

9・13、『一八一七年のローマ、ナポリ、フィレンツェ』出版、はじめてスタンダールというペンネームを用いる。

10～11月、グルノーブルと、ポーリーヌの嫁ぎ先テュエランに滞在。

11・17、ポーリーヌと同行、グルノーブル発。

11・21、ミラノ着、12・10、ポーリーヌのために部屋を借りスカラ座の桟敷をとる。

11月『エディンバラ・リヴュー誌』五七号、『一八一七年のローマ、ナポリ、フィレンツェ』を酷評。

1月以降『ナポレオン伝』続行、また『一八一七年のローマ、ナポリ、フィレンツェ』増補改定版『一八一八年のイタリア』(即ち第二版)の準備(一八二六年の『ローマ、ナポリ、フィレンツェ』は従って第三版)。

1～2月、ロドヴィコ・ディ・ブレーメ、『スペッタトーレ誌』でバイロンの『異端者』をとりあげてロンドニオの『ロマン主義詩批判』を攻撃、ロマン主義論争激化、この頃からミラノで *romanticismo* という語が使われはじめる。

2～3月、ミラノのロマン主義運動に参加、『自由なき文学とはなにか』その他の論文を書く。

3・4、マチルド・デンボウスキーへの恋、はじまる。

4・2、病気のポーリーヌをつれてグルノーブルに向かう。

4・9～5・5、グルノーブル滞在。


12月、ミラノで自由派の機関誌『ビブリオテーク・イストリック誌』創刊。

年末、ミラノでロンドニオ、激しい反ロマン主義の論文『ロマン主義詩批判』を発表。

5・18、スタール夫人『フランス革命主要事件考』出版。

6・22、パリの憲兵大尉メスメー、王党派のクーデタ計画(水辺事件)を告発。

6・29、パリのボードアン書店、この件についての「密書」を出版。

7・1、イギリスの有力新聞『タイムズ』他三紙、極右王党の陰謀を報道。『モーニング・クロニクル紙』は、陰謀の目的は王弟アルトワ伯(のちのシャルル一〇世)を王位につけることであると暴露。

年	年齢	事項	関連事項
		5・11、単身ミラノ帰着。 6月、スタール夫人の『フランス革命主要事件考』批判を書く。 9月、マレスト、スタンダールの依頼で『エディンバラ・リヴュー誌』のバックナンバーを彼に送る。 12月末、マチルドへの恋のため仕事できず。	7・2、7・23、陰謀の首謀者ら逮捕。 9・3、イタリア・ロマン派の機関誌『コンチリアトーレ誌』創刊。 11・3、陰謀の全容疑者証拠不十分で釈放。
1819	36	6・3〜10、ヴォルテラ滞在、マチルドに面罵される。 6・20、父シェリュバン・ベール、七二歳で歿。 8・10〜9・14、父の遺産相続のため、グルノーブル滞在。遺産は三九〇〇フランだが実際は負債しか残らず。 9・18〜10・14、パリ滞在。 10・23、ミラノ帰着の翌日マチルドに会うが「あれほどの苦しみと犠牲の後に *a cool réception*」 11・23、「リュイジーナ（娼婦）をまっているが病気でこず。しかしひたすらメチルドのことを考えながら」 11・25、「これはもう想像力だけで生きている恋だ」 12・27、恋愛についての考察をまとめはじめる。 12・29、『恋愛論』着想。「淋病になったらしい」「女だけが私をマチルドへの思いからそらすことができる。女であって、仕事ではない」	10・17、『コンチリアトーレ誌』オーストリア官憲の弾圧で一一八号で廃刊。 トラシー『モンテスキューの法の精神注解』『恋愛論』 スコット『アイヴァンホー』『ラマムーアの花嫁』『モンローズの伝説』 ロッシーニ『ドンナ・デル・ラゴ』
1820	37	マチルドの冷たい待遇になやみつつ『恋愛論』執筆。 2・25、パチーニのオペラ『ドルスハイム男爵』の二重唱につい	2・13、アルトワ伯の嫡子でブルボン王朝の後継者ベリ公爵オペラ座

て「私は今夕、完全な音楽を聞くと愛する女に会ったときとまったく同じ気もちになるということを経験した」

7・23、マレストへの手紙で自分がフランスのスパイだという噂が六か月まえから流れ「最大の不幸が頭上にふりかかった」と記す。

9・25、『恋愛論』の原稿を、オーストリア官憲の介入をおそれ、フランスへゆく友人に托す。フランスへ入ってストラズブールから10・5頃送れば、パリへは10・8についたはずが行方不明。

10・13、シルヴィオ・ペリコ、逮捕されシュピールベルク要塞へ移送。

で暗殺。

6月、二重投票案成立、極右王党派の勢力急伸。

8月、軍部中心、左派代議士、秘密結社による反政府陰謀発覚。

ロッシーニ『ビアンカとファリエロ』

1821　38

6・7、マチルドに訣別。

6・13、ミラノ発、これを機として『一八一七年のローマ、ナポリ、フィレンツェ』改定案『一八一八年のイタリア』は放棄、一八二六年の新構想をまつ。

6・21～10・18、パリ滞在。

10・19～11・21、ロンドン滞在、名優キーンの『オセロ』など観劇。

11・24～12・31、パリ滞在、パリ帰着後まもなく『恋愛論』の原稿受領。

1月、「良き文学の会」無神論的文学思潮と戦うため設立。

3・25、ギリシア独立戦争開始。

10・11、ポール＝ルイ・クーリエ、筆禍のため下獄。

12・8、ベランジュ、筆禍のため禁固、罰金。

サン・シモン『産業体系論』

1822　39

パリでフリーのジャーナリスト生活。イギリスの諸雑誌へ書評寄稿。

1・13、ギリシア、トルコから独立宣言。

		6~7月、パスタ夫人のところで徹夜のトランプの後『恋愛論』を校正。 8・17、『恋愛論』発売。 9・20、『恋愛論』の着想を回想して「一八一九年一二月二九日、*day of genius*」と記す。	4月、トルコ、ギリシアの独立運動を弾圧、シオで民衆を虐殺。 8~10月、イギリスの劇団パリ公演フランスの観客激昂。 11・26、クーリエ『踊りを禁じられた村人のための嘆願書』告発。
1823	40	3・8、『ラシーヌとシェークスピア』発売。 7月末、パリの北八二キロ、コンピエーニュに近いモンシー‐ユミエールに滞在、同地にキュリアル家の館あり、クレマンチーヌ・キュリアルの夫キュリアル将軍はスペインに出征中。 10・21~24、ジュネーヴ滞在、マチルドの従姉妹ビアンカ・ミレジに出会い、フィレンツェ、ローマ、ボローニャの知人にあてた紹介状を得る。 10月末から年末までイタリア滞在（ジェノヴァ、リヴォルノ、フィレンツェ、ローマ）。 11・15、『ロッシーニ伝』発売。	4・7、フランス、スペインの革命運動弾圧のため出兵。 7月、「良き文学の会」機関誌『ミューズ・フランセーズ誌』創刊。 8・20、法王ピウス七世歿。 8・31、フランス軍トロカデロ占領。 11・7、スペインの愛国者リエゴ処刑。 サン・シモン『工業家提要』第一冊。ロッシーニ『セミラミーデ』
1824	41	3月からパリ。 5・22、クレマンチーヌ・キュリアル、情人となる。 8・29、のちに『一八二四年のサロン』と題される連載美術評論を『ジュルナル・ド・パリ誌』に掲載開始。 9・9、のちに『あるディレッタントのメモ』と題される連載音	1月、ギロー『ミューズ・フランセーズ誌』で古典の模倣を排する宣言。 3~4月、サン・シモン『工業家提要』第二、三、四冊。

	1825	'26
	42	43
楽評論を『ジュルナル・ド・パリ誌』に連載開始。この年は『ハイドン、モーツァルト、メタスターシオ伝』出版から九年で、この間に売れたのは一二七部。	3・19、『ラシーヌとシェークスピア第二部、あるいは学士院大会においてオージェ氏によって発言された反ロマン主義宣言への回答』発売。 5・1、マチルド、ミラノで歿。 12・3、『工業家に対する新しい陰謀について』発売。	1・3、出版者ルヌアールに「現代の風俗を二、三年前からあり
4月、ノディエ『ミューズ・フランセーズ誌』で新文学の必要を説く。オージェ、大学とアカデミーとイエズス会を代表して反ロマン主義を宣言。 4・19、バイロン、ギリシアで歿。 7月『ミューズ・フランセーズ誌』廃刊。 8月、フレシヌー、さらに強硬な反ロマン主義宣言を発表。 9月、ロマン派は『グローブ紙』を創刊、ロマン主義は文学・芸術におけるプロテスタンチスムであり自由と検討の精神であると宣言。	4・20、涜聖法成立。 4・21、亡命者賠償法成立。 5・19、サン・シモン歿。 10・1、サン・シモンの弟子たち、『生産者誌』創刊。 デュラス夫人『エドゥワール』と『オリヴィエ』を執筆。	1・28、ラトゥーシュ、匿名で『オ

年	年齢	事項	関連事項
		のままに描く小説」(『アルマンス』)を予告。 3月、陶芸家コンスタンタンとの交友はじまる。 6月、クレマンチーヌとの恋にやぶれイギリス旅行(ランカスター、カンバーランド湖沼地帯、ヨーク、マンチェスター、バーミンガム、ロンドン)。 12・23、メリメへの手紙でオクターヴの性的不能に言及。	リヴィエ』を出版。 4・8、上院、長子相続権復活法案を否決。 4・25、ギリシア独立軍ミソロンギで自爆。
1827	44	1月、キュヴィエのサロンでジウリア・リニエリを知る。 2・24、『ローマ、ナポリ、フィレンツェ』発売。 4〜5月、『アルマンス』の原稿をユルバン・カネル書店に一〇〇〇フランで売る。 7・20、パリ発、イタリアにむかう。ジェノヴァ、リヴォルノ、エルバ島、ナポリ、イスキア島、ローマ、ナポリ、ヴェネツィア。 8・18、『アルマンス―一八二七年におけるパリのあるサロン風景』発売。 12・31、深夜ミラノ着。オーストリア官憲、一二時間以内に退去を要求。	7・22、ブラングでアントワーヌ・ベルテ、ミシュー・ド・ラ・トゥール夫人を狙撃。 10・20、ナヴァリノ沖海戦、ギリシア独立戦争勝利。 12・15、グルノーブルでアントワーヌ・ベルテ死刑判決。 12・28〜31、『ガゼット・デ・トリビュノー誌』グルノーブル特報としてベルテ事件を詳報。
1828	45	1・2、ミラノ発。1・29、パリ着。 3・13〜8・17、悲劇『アンリ三世』第三幕を執筆。 7・1、陸軍主計官補の休職手当停止。7・3、退役年金の下賜を申請。7月、就職運動すべて失敗、紋章検査官補など無給の	2・23、グルノーブルでアントワーヌ・ベルテの死刑執行。 3・4、ローマ法王庁『ローマ、ナポリ、フィレンツェ』を禁書目録

		名誉職のみ。毎朝おとずれるロマン・コロンと『ローマ漫歩』を執筆。	に入れる。
1829	46	8・16、『アルマンス』第二版（初版の残部改装本）。副題から「一八二七年の」を削除、タイトルの上に著者名をスタンダールと記す。 1～2月、王立図書館等就職運動すべて失敗。2月、アルベルト・ド・リュバンプレとの恋。 9・5、『ローマ漫歩』発売。 9・8、新聞でダリュ伯の死（9・5）を知る。同日パリ発、南フランス及びスペイン旅行（リブルヌ、ボルドー、トゥールーズ、カルカッソンヌ、フィゲラ、バルセロナ、モンペリエ）。9月末にグルノーブル滞在中、あるいはグルノーブルからマルセーユへの途中『ガゼット・デ・トリビュノー誌』で、ベルテ事件を読んだと推定される。10～11月マルセーユ、11月末パリ帰着。 12・13『ヴァニナ・ヴァニニ』を『ルヴュ・ド・パリ誌』に発表。 12・19、キュヴィエのサロンでアレクサンドル・トゥルゲーネフ（ロシアの作家トゥルゲーネフの叔父）を知る。	1・21、ピレネー山中の町バニェール-ド-ビゴールで家具職人アドリヤン・ラファルグ、情婦テレーズ・カスタデールを殺害。 3・21、ラファルグに懲役五年、監察処分一〇年の判決。 3～4月、『クーリエ・デ・トリビュノー誌』『ガゼット・デ・トリビュノー誌』ラファルグ事件を報道。 ロッシーニ『ヴィリアム・テル』
1830	47	1・17、『ジュリアン』（『赤と黒』）の執筆開始。 2・19、『ル・ナシオナル紙』に『ウォルター・スコットとクレーヴの奥方』を発表。	1月、マリ・ド・ヌーヴィル駈落事件。 2・25、ユゴー『エルナニ』初演。

年	年齢	事項	歴史的事項
1831	48	3・22、ジウリア・リニエリすすんで彼に身をまかせる。 4・8、ルヴァヴァスール書店と『ジュリヤン』の出版契約。 5・9、『箱と幽霊―スペイン奇談』。6月『ほれぐすり―シルヴィア・マラペルタのイタリア文にならいて』を『ルヴュ・ド・パリ紙』に発表。 7・29、ベルリンギエーリ邸に泊る。 7・30、はじめて三色旗のひるがえるのを見る。 8・3、ギゾーに知事の職を乞う。 8・25、モレ伯に外交官の職を乞う。 9・25、トリエステ駐在フランス領事に発令。 11・6、パリ出発の日、ベルリンギエーリへの手紙でジウリアへ求婚、ベルリンギエーリ拒否。 11・25、トリエステ着、執務開始。 12・24、メッテルニヒの領事認許状拒否を知る。 1・14〜15、短編小説『ユダヤ人』を執筆。 3・30、チヴィタヴェッキアの警察署長、法王庁のベルネッティ枢機卿に、現職の領事は人物穏健であるのに対し、後任者の噂は芳しからずと、地元の不満を伝える。 4・17、チヴィタヴェッキア着。 4・20、チヴィタヴェッキアの警察署長、新領事の演説や談話に不穏の筋ありとローマに報告。 7月、コンスタンタンとローマに部屋をかりる。	7・27〜29、七月革命。 この年から翌年にかけて「ジスケ事件」。工業家ジスケ、七月王政政府から小銃三〇万挺の輸入をうけおい、スルト元帥と首相カジミール・ペリエとともに不正な利益を得たとして野党、反対派新聞が攻撃。この事件で政治家マラストのみ禁固罰金刑、その他は無罪。 2・14、パリの民衆、ベリ公の追悼式がサン－ジェルマン－ロクセロワ教会で行われたことを不満として暴動。 11・20〜22、リヨンの絹織物労働者と国民軍暴動、正規軍これを鎮圧。

		8・11～16、シエナ滞在。 9・28、短編小説『サン・フランチェスコ・ア・リパ』を執筆。	
1832	49	1月、アンペール、ジュシユー（植物学者）とナポリ旅行。 3月、アンコナでフランス上陸軍の計理事務。 6・20～7・4、ローマで『エゴチスムの回想』を執筆。 8・11～16、シエナ滞在。 9・19～12・12、ローマで小説『社会的位置』を執筆。 11・5、ディ・フィオリへ「おれの本職は屋根裏部屋で小説を書くこと」と書く。（ただしパリの！） 11・27～12・2、シエナ滞在。 12月、チヴィタヴェッキアでフランス人乗客誤認逮捕事件。	6・5～6、クロワートル‐サンメリの騒擾。
1833	50	1～2月、シエナ滞在。 3月、ローマで「イタリア古文書」を発見、筆写させ、年代順に並べて装丁。 5～6月、フィレンツェ、リヴォルノへ旅行。 6・24、ジウリア・リニエリ、シエナでジウリオ・マルチニと結婚、スタンダールとの関係はそのまま続く。 9・11～12・4、休暇でパリ滞在。 10・11付の手紙でジュル・ゴーチエ夫人に『中尉』の原稿はイタリアへもち帰ってから批評・添削すると約束。 12・4、パリ発、任地にむかう。 12・15、リヨンからマルセーユ行きの河船にのる。ミュッセとジ	

1834	51	ョルジュ・サンドに出会い、マルセーユまで同行。 5・5、ゴーチエ夫人の『中尉』の添削開始。 5・9、「これをジュルに送らず、これから一つ作品をつくるという最初のアイディア」(『リュシヤン・ルーヴェン』着想)。 5月〜6月、外相リニ伯同年度上四半期チヴィタヴェッキア領事館の予算執行の放漫を指摘、スタンダール、タヴェルニエを叱責、タヴェルニエ反論して辞表提出、結局は慰留。 7・14、外相リニ伯、みだりに任地を離れず職務に精励するようスタンダールに要求。 7月〜9月、炎暑のローマを避け、しばしばアルバノ湖畔のカステル-ガンドルフォに遊ぶ。同地に友人チニ家の別荘あり。 10・28、ソフィー・デュヴォーセルへの手紙で孤独をなげく。 11・1、ディ・フィオリへの手紙で不遇をなげく。 この年、大革命まで代々チヴィタヴェッキアの領事をつとめたヴィドー家の令嬢と縁談。	4・9〜12、リヨンの労働者と「人権会」刑法改悪に反対して暴動。 4・13、リヨン反乱の援助を準備中のパリの「人権会」その他の共和勢力、軍隊と市街戦を展開「トランスノナン街の虐殺」。
1835	52	1〜11月、仕事は『リュシヤン・ルーヴェン』 2・5、外相リニ伯、スタンダールの勤務状態極度に悪しとして厳しく注意。 2月上旬、ヴィドー嬢との縁談をことわる。 2・10、『ルーヴェン』の原稿を第一〜四部の形に配列。 2・12、ギゾーからの手紙で叙勲(レジオン・ドヌール十字勲章オフィシエ級)を知る。スタンダールは文筆家としてではなく	

1836

53

軍人か官吏として受章したかったはず。

4・28、『ルーヴェン』第四部（ローマ）を削除。

4・30、「画布はうまった」その後も口述、加筆を続ける。

9・1、『ルーヴェン』原稿のメモに、「一八三五年九月一日から眼鏡」と記し、その下に偏平化した水晶体の図と眼鏡をかけた自分の横顔を描く。

11・23、『アンリ・ブリュラールの生涯』執筆開始。

12・10、チヴィタヴェッキア港検疫所長、検疫問題でフランス船の出港を拒否、損害賠償の件で領事多忙。

3・26、賜暇を知る。『ブリュラール』の執筆終了。

4・1、論説『一八三六年において喜劇は不可能である』をテオドール・ベルナールの筆名で『ルヴュ・ド・パリ誌』に発表。

5・11、チヴィタヴェッキア発。5・24、パリ着。

9・6、チエール内閣の後をうけてモレ内閣成立、モレ伯の好意でスタンダールの休暇は四半期ごとに延長され、モレ伯の失脚まで三年続く。クレマンチーヌ・キュリアルもゴーチエ夫人も友情の域をでず。

メリメ、スタンダールをスペインの貴族モンチホ伯爵夫人のサロンに同行、スタンダールは彼女の二人の娘に情熱をこめてナポレオンについて語る。次女ウージェニアは後にナポレオン三世の皇后。

11・9、『ナポレオン覚書』に着手。


1・9、怪盗ラスネル処刑。

1837　54

3・1、『両世界評論誌』に『ヴィットリア・アコランボニ』を無署名で発表、イタリア古文書からの最初の仕事。

4月、『ナポレオン覚書』中止、中編小説『ばら色と緑』に着手。

5・25〜7・5、『ある旅行者の手記』取材のため、フランス西部、ブルターニュ、ノルマンディー地方へ旅行（メリメ、ナントまで同行）。

6・5、『ばら色と緑』の原稿に、ほぼ樹の高さの気球Aと高くあがった気球Bを描き、自分の想像力を運ぶ気球がBのように高く上がると、事物が俯瞰的にしか見えなくなって精彩を失い、描写が困難になる、と記す。

6・8、『ばら色と緑』放棄。

7・1、『チェンチ一族』を無署名で『両世界評論誌』に発表、「イタリア古文書」からの第二作。

8月〜9・27、ブルターニュ、ドフィネ地方へ旅行。

9月、日付け不明のメモ「昨日サン-ジェルマン、鉄道」

12月、『ある旅行者の手記』の少なくとも最初の部分を印刷所に渡す。

▼想像力の気球
（1837・6・5）

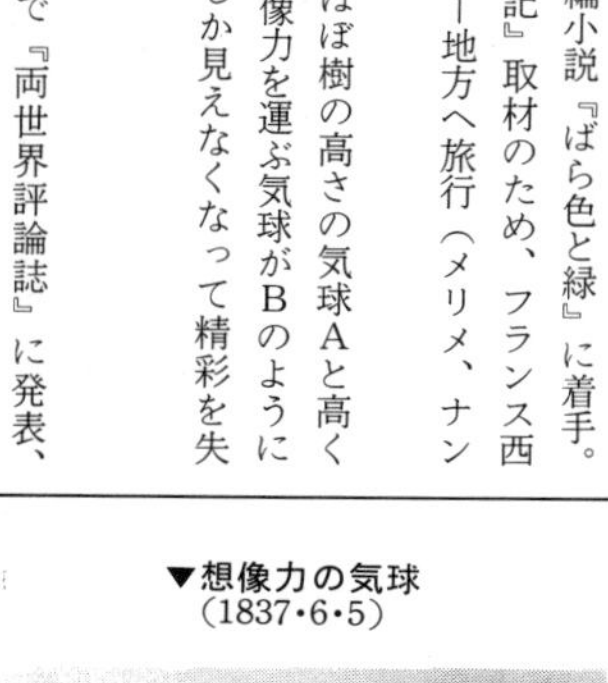

8・26、パリと郊外のサン-ジェルマン-アン-レ間に鉄道開通。

1838　55

3・8、パリ発、フランス南西部と南東部へ旅行。アングーレーム、ボルドー、アジャン、トゥールーズ、バイヨンヌ、ポー、タルブ、カルカッソンヌ、ナルボンヌ、モンペリエ、ニーム、マルセーユ、トゥーロン、ドラギニャン、カンヌ、アルル、アヴィニョン、ヴァランス、グルノーブル。スイスに入ってジュネ

この年、フランス軍アンコナから、イギリス軍ボローニャから撤兵。

		ーヴ、ベルン、バーゼル、フランスへもどって、7・1～4、ストラスブール。 この間パリで、6・30、『ある旅行者の手記』発売。 7月からドイツ、オランダ、ベルギー旅行。ケール、マンハイム、フランクフルト、ケルン、ロッテルダム、アムステルダム、ハーグ、アントワープ、ブラッセル。 7・22、パリ着（一三六日間、約五〇〇〇キロの旅行）。 8・3のメモ《*She gives wings amica of eleven years. Beginning in 1827.*》（ジウリアと関係か） 8・15、『パリアーノ公爵夫人』をF・ド・ラジュヌヴェの署名で『両世界評論誌』に発表、「イタリア古文書」からの第三作。 8・16、『パルムの僧院』着想。 9・2、「ワーテルローの戦」の場面を口述。 9・21、再びジウリアとの関係を思わせるメモ。 11・4、『パルムの僧院』に着手。 12・26、『パルムの僧院』をほとんど口述で完成。
1839	56	1・24、デュポン書店と『パルムの僧院』出版契約。 2・1、『カストロの尼』第一部をF・ド・ラジュヌヴェの署名で『両世界評論誌』に発表、第二部は3月号。 3・8、モレ伯、首相を辞任。 3・17、モンチホ姉妹、父伯爵の死のためマドリッドへむかう。スタンダール馬車を見送る。同日『コンスチチュシオネル紙』

1840	57	『パルムの僧院』の「ワーテルローの戦」の部分を掲載。 4・6、『パルムの僧院』発売。 4〜5月、『深情け』『サン・チミエの騎士』『フェデル、別名拝金亭主』などの中編小説と長編小説『ラミエル』の仕事、いずれも完成に到らず。 6・24、パリ発、チヴィタヴェッキアへ。 7〜8月、リヴォルノ。 8・3、シエナ、ジウリア。8・10、チヴィタヴェッキア着。 12・3、『ラミエル』最終稿。 12・28、パリ、デュモン書店から『カストロの尼』を発売（『ヴィットリア・アコランボニ』と『チェンチ一族』を含む）、著者名はド・スタンダール氏、『赤と黒』『パルムの僧院』等々の著者。 1・1、突然の瞬間的意識喪失「火の中に落ちた」とメモ。 2〜3月、アーライン（チニ伯爵夫人）への恋。 5・25、『ラミエル』の原稿に『小説作法』と題して自分の小説の書き方をメモ。 7・1〜18、フィレンツェ（ジウリア） 8・11、コンスタンタン著『イタリア名画解説』（事実上すべてスタンダールの作品）をフィレンツェのヴィユスー書店から出版。 9・25、バルザック、同日発行の『ルヴュ・パリジエンヌ誌』で

1841	58

『パルムの僧院』を激賞。

10・30、バルザックへの返信を発送、ただしバルザックの住所を知らぬため、コロンに送ってバルザックに渡すよう依頼。これが五か月後にもバルザックの手に渡っていなかったことは、一八四一年四月四日のバルザックの手紙でわかる。

10〜12月、バルザックの批評を参考に『パルムの僧院』に『ファブリスのパリ到着』『ルガノとグリアンタの間の森』などの加筆を開始。

2・11、意識明瞭のまま一時的記憶喪失、失語症。

3・15、脳卒中の発作、数日間生死の間をさまよう。

4・5、ディ・フィオリへ「虚無と襟首をつかみあった」と書く。

6・19、コロンへ「犬を二匹飼って、やさしく可愛がっている(……)なにも愛するものがなくて、淋しかった」と書く。

8・2、「この砂漠のなかでのオアシス」(ブーショ夫人との関係)

8・13〜14、フィレンツェ「*two and tenth Aug.41, perhaps the last of his life,* 一三日金曜から一四日土曜への夜オテル・ド・ラ・ロッサで」というメモの対象はジウリアか。

10・22、病後の休暇、チヴィタヴェッキア発。

10・24、マルセーユ着、友人サルヴァニョリ伯同地でスタンダールを待つ。スタンダール、疲労のため出発を翌々日に延期。

		10・31〜11・5、ジュネーヴ滞在。 11・8、パリ着
1842	59	1・18、「ブラネス師必要」 3・9、医師の禁止をおかして執筆活動を再開。 3・21、『両世界評論誌』編集次長ボネールと、『スコラスチカ尼』『ユダヤ女性ヴァンゲン嬢』『深情け』『サン・チミエの騎士』を発表する契約を結び、原稿料五〇〇〇フランのうち、一五〇〇フランを受領、コロンはこの金を七月四日に返して契約を解除。 3・22、午前『スコラスチカ尼』を数ページ口述。午後七時ごろ脳卒中のため路上に倒れ意識不明。 3・23、午前二時ホテルで死亡。

参考資料

残念ですが、新刊書としては手に入らないものが多いと思います。複数の出版社から出ているものは、新しい版だけご紹介します。文庫本については、カタログにあっても品切れのものが多数あります。増刷をまっていただくか、古書でさがしていただく他はありません。単行本については各都市の県立市立図書館になければ、フランス文学科のある大学の図書館に可能性があるようです。レコードもCDをのぞいては品切れが多いと思います。

●スタンダールの作品

〔全集〕 ただし日本でいう「全集」で、断簡零墨までを網羅したほんとうの全集ではありません。正確には選集あるいは著作集というべきものです。

『スタンダール全集』 桑原武夫・生島遼一編 ―― 人文書院 初版 一九七一〜七三 愛蔵版 一九七八

○第一巻『赤と黒』 桑原武夫・生島遼一訳
桑原武夫「中天に輝く球体」／生島遼一「『赤と黒』について」／付録「『赤と黒』について」鈴木昭一郎訳／「ベルテ事件」桑原武夫・生島遼一訳

○第二巻『パルムの僧院』 生島遼一訳
生島遼一「『パルムの僧院』について」／付録「『パルムの僧院』のマルジナリア」生島遼一訳／「ファルネーゼ家興隆の起源」奥村香苗訳／「アレッサンドロ・ファルネーゼの青春時代」奥村香苗訳／「バルザック・ベール氏論」西川祐子訳／「スタンダールのバルザックへの返事」奥村香苗訳

○第三巻『リュシアン・ルーヴェン』Ｉ　島田尚一・鳴岩宗三訳
生島遼一「『リュシアン・ルーヴェン』について」
○第四巻『リュシアン・ルーヴェン』Ⅱ　島田尚一・鳴岩宗三訳
『社会的地位』島田尚一訳／付録「『リュシアン・ルーヴェン』のマルジナリア」島田尚一・鳴岩宗三訳／鳴岩宗三「七月王政史」
○第五巻『アルマンス』　小林正・冨永明夫訳
『中短編集』(「一イタリア貴族の思い出」桑原武夫訳／「箱と亡霊」桑原武夫訳／「ほれぐすり」桑原武夫訳／「ミナ・ド・ヴァンゲル」生島遼一訳／「薔薇色と緑」島田尚一訳／「ユダヤ人」西川長夫訳／「サン・チスミエ従男爵」島田尚一訳／「フィリベール・レスカル」西川長夫訳／「フェデール」鳴岩宗三訳）生島遼一「『アルマンス』の問題点」／生島遼一「『中短篇集』について」／付録「メリメへの手紙」鈴木昭一郎訳
○第六巻『イタリア年代記』
(「カストロの尼」桑原武夫訳／「ヴィットリア・アッコランボーニ」生島遼一訳／「チェンチ一族」生島遼一訳／「バリアノ公爵夫人」生島遼一訳／「サン・フランチェスコ・ア・リバ」生島遼一訳／「ヴァニナ・ヴァニニ」生島遼一訳／「深情け」渡辺明正訳／「尼僧スコラスティカ」鳴岩宗三訳）『ラミエル』生島遼一・奥村香苗訳／桑原武夫「『カストロの尼』感想」／生島遼一「『イタリア年代記』について」／生島遼一「『ラミエル』について」／『ラミエル』付録　生島遼一訳
○第七巻『アンリ・ブリュラールの生涯』　桑原武夫・生島遼一訳
桑原武夫「情熱の文人画」／生島遼一「『アンリ・ブリュラールの生涯』について」／付録「スタンダール年譜」鈴木昭一郎編

○第八巻『恋愛論』生島遼一・鈴木昭一郎訳　『恋愛書簡』鈴木昭一郎訳／生島遼一「『恋愛論』の周辺」
○第九巻『イタリア絵画史』吉川逸治訳
桑原武夫「『イタリア絵画史』のスタンダール」／吉川逸治「自我の発見」
○第一〇巻『文学論集』
「ラシーヌとシェイクスピア」島田尚一・西川長夫訳／「文学日記抄」西川長夫訳／「イギリス通信抄」梶野吉郎訳／「小論」鈴木昭一郎訳／「戯曲」鈴木昭一郎訳
生島遼一「『文学論集』について」／鈴木昭一郎「スタンダールの戯曲習作について」
○第一一巻『ナポレオンの生涯にかんする覚書』西川長夫訳
『ハイドン・モーツァルト・メタスターシオの生涯』(「ハイドンについての手紙」冨永明夫訳／「モーツァルトの生涯」冨永明夫・高橋英郎訳／「メタスターシオについての手紙」高橋英郎訳)／西川長夫「『ナポレオン伝』の作者としてのスタンダール」／高橋英郎「私は魂の響を書く」／高橋英郎「作曲家・歌手・演奏家一覧表」
○第一二巻『エゴチスムの回想』小林正訳　『日記』鈴木昭一郎訳
小林正「『エゴチスムの回想』について」／鈴木昭一郎「『日記』について」

〔世界文学全集と文庫本〕

『赤と黒』と『パルムの僧院』は、いくつもの出版社から発行された世界文学全集に、多彩な翻訳者陣で出版されています。

『赤と黒』『パルムの僧院』『恋愛論』は、各種の文庫本に入っています。

『カトスロの尼』『チェンチ一族』『ヴァニナ・ヴァニニ』など、いわゆるイタリア物もいくつかの文庫本に入っています。

『エゴチスムの回想』 冨永明夫訳 ―― 冨山房百科文庫 一九七七

〔単行本〕

『ハイドン』（改訳） 大岡昇平訳 ―― 音楽の友社（創元社版） 一九六五

『モーツァルト』 高橋英郎・冨永明夫訳 ―― 東京創元社 一九六六 17版 一九八四

『ある旅行者の手記』1～2 山辺雅彦訳 ―― 新評論社 一九八四～八五

『南仏旅行記』 山辺雅彦訳 ―― 新評論社 一九八九

●研究書・参考書

『自我を求めて』 小林正著 ―― 進路社 一九四七

『スタンダール研究』 山田球樹著 ―― 河出書房 一九四八

『スタンダールとその恋人たち』 小林正著 ―― 今日社 一九四九

『スタンダール』 ツヴァイク、青柳瑞穂訳 ―― 新潮文庫 一九五一

『バルザックとフランス・リアリズム』 ルカーチ、針生一郎訳 ―― 岩波書店 一九五五

『フランス文学史』Ⅱ G・ランソン、P・テュフロ、鈴木力衛、村上菊一郎訳 ―― 中央公論社 一九五六

『スタンダールの光』 ルイ・アラゴン、小林正、関義（監）訳 ―― 青木書店 一九五六

『伝記―スタンダール』 ポール・アルブレ、黒田憲治訳 ―― 人文書院 一九五六

『フランス小説』 生島遼一著 ―― 創元社 一九五六

『スタンダールの人間像』 片岡美知著 ―― 白水社 一九五七

『スタンダール』 クロード・ロワ、生島遼一訳 ―― 人文書院 一九五七

『小説と政治』 アーヴィング・ホウ、中村保男訳 ―― 紀伊国家書店 一九五八

『世界の十大小説』(上) ——— 岩波新書 一九五八

『第二の性』5 ボーヴォワール、生島遼一訳 ——— 新潮文庫 一九五九

『芸術論集』「スタンダールと音楽」 ロマン・ロラン、波多野茂弥訳 ——— みすず書房 一九六〇

『「赤と黒」成立過程の研究』 小林正著 ——— 白水社 一九六二

『ふらんすノート』 エレンブルグ、木村浩訳 ——— 岩波新書 一九六二

『文学論集』 アラン、杉本秀太郎訳 ——— 白水社 一九六四

『小説の美学』 チボーデ、生島遼一訳 ——— 人文書院 一九六七

『スタンダール伝』 チボーデ、河合亨・加藤民男訳 ——— 冬樹社 一九六八

『スタンダールの世界所有－愛惜の論理と運動』 室井庸一著 ——— 中央大学出版会 UL双書 一九七一

『生きた眼』(偽名家スタンダール) スタロバンスキー、大浜甫訳 ——— 理想社 一九七一

『エドマンド・バーグ著作集』1「現代の不満の原因、崇高と美の観念の起原」
エドマンド・バーグ、中野好之訳 ——— みすず書房 一九七三

『スタンダール』ツヴァイク全集10 ツヴァイク、中田美喜訳 ——— みすず書房 一九七四

『フランス小説の探求』 生島遼一著 ——— 筑摩書房 一九七六

『親密な笑い・スタンダール論』 鳴岩宗三著 ——— 井村文化事業社・勁草書房 一九七六

『挑発としての文学史』 ヤウス(H・R)、轡田収訳 ——— 岩波書店 一九七六

『フランス文学講座2・小説2』(スタンダール) 石川宏著 ——— 大修館書店 一九七八

『自伝の文学』 中川久定著 ——— 岩波新書 一九七九

『写真集・フランスの歴史と文学』 稲生永著 ——— 大修館書店 一九七九

『スタンダール伝』 金子守著 ——— 駿河台出版社 一九八〇

『スタンダールの遺書』　西川長夫著 —— 白水社　一九八一

『ミラノの人スタンダール』　西川長夫著 —— 小学館　一九八一

『理工科学校小史』　日本工業大学フランス語研究室著(研究代表者　松木繁)(非売品) —— 郁文堂　一九八一

『スタンダール評伝』　室井庸一著 —— 読売新聞社　一九八四

『スタンダール研究』　桑原武夫・鈴木昭一郎編 —— 白水社　一九八六

ヴィクトール・デル・リット「『スタンダール研究』の刊行に際して」／桑原武夫「日本におけるスタンダール紹介」／栗須公正「『赤と黒』「密書」事件の研究—一八三〇年の「密書」とはなにか」／石川宏「『赤と黒』における源泉の問題—ベルテ事件とラファルグ事件」／室井庸一「『赤と黒』における価値転換」／冨永明夫「スタンダールの文体における圭角と諧和—『赤と黒』の1章におけるリズム分析の試み」／古屋健三「『赤と黒』の演劇的空間—大岡昇平の戯曲『赤と黒』をめぐって」／鈴木昭一郎「戯曲『アンリ三世』の構造と技法」／西川長夫「自伝と小説のあいだ—『アンリ・ブリュラールの生涯』におけるJ.＝J.・ルソーの問題をめぐって」／鈴木昭一郎「年譜」／鈴木昭一郎「年譜索引」／栗須公正「書誌」／栗須公正「書誌索引」／鈴木昭一郎「あとがき」

『わがスタンダール』(『海燕』一九八六年七月号「日本におけるスタンダール『スタンダール研究』の刊行に寄せて」を収録) —— 講談社文芸文庫　一九八九

〔フランス語で読んでみようという方に〕

《*La vie de Stendhal*》, Récit de Victor Del Litto, "*Vies et Visages*" Editions du Sud, Editions Albin Michel, 1965.

●その他

チマローザ『秘密の結婚』

1、バレンボイム指揮、イングリッシュ・チェンバー・オーケストラ　グラモフォン・レコード
MG 8273-5.

2、ニノ・サンゾーニョ指揮、ミラノ-ピッコラ-スカラ座オーケストラ

3、マンノ・ヴォルフ・フェラーリ指揮、Orchestra stabile del Maggio Musicale Fioretino. XTV 13842-13847.

モーツァルト『ドン・ジョヴァンニ』

1、クリップス指揮、ウィーンフィルハーモニー管弦楽団　キングレコード　GT 7012-4.
CD L-F 90L 59051-3.

2、クレンペラー指揮、ニューフィルハーモニア管弦楽団　東芝 EAC 77166-9
CD Ph-30-CD 627-9.

3、フルトヴェングラー指揮、ウィーンフィルハーモニー管弦楽団　OP 7509-12
CD AS-CE 30-5089-9

4、ベーム指揮、プラハ国立歌劇場管弦楽団　グラモフォン　ポリドール　MG 8008-11
CD G-F-95G20068-70

5、バゼール指揮、パリ-オペラ座管弦楽団　CBSソニー　75 AC 697-9
CD　T-82　P2-2931-3

『岩波西洋人名辞典』――岩波書店　一九五六第一刷　一九八一増補版第一刷

『フランス文学辞典』　日本フランス語フランス文学会編――白水社（第二刷）一九七五

さくいん

【人　名】　＊は作中人物

【地　名】

【作品名・書名・定期刊行物名】

スタンダール■人と思想52　　定価はカバーに表示

1991年7月18日　第1刷発行©
2015年9月10日　新装版第1刷発行©

・著　者　……………………………鈴木《すずき》　昭一郎《しょういちろう》
・発行者　……………………………渡部　哲治
・印刷所　…………………………広研印刷株式会社
・発行所　…………………………株式会社　清水書院

〒102-0072　東京都千代田区飯田橋3-11-6
Tel・03(5213)7151〜7
振替口座・00130-3-5283
http://www.shimizushoin.co.jp

検印省略
落丁本・乱丁本は
おとりかえします。

CenturyBooks

Printed in Japan
ISBN978-4-389-42052-9